MARVEL
アベンジャーズ
インフィニティ・ウォー
ノベル／ジム・マッキャン
監督／アンソニー・ルッソ&ジョー・ルッソ
訳／上杉隼人

1　サノスが来《く》る

「こちら、アスガルドから避難中《ひなんちゅう》の船《ふね》ステイツマン。攻撃《こうげき》を受《う》けた。繰《く》り返《かえ》す、攻撃《こうげき》を受《う》けた。エンジン停止《ていし》。生命維持機能《せいめいいじきのう》も損傷《そんしょう》。至急《しきゅう》、救援《きゅうえん》を要請《ようせい》する。……乗《の》っているのはアスガルドの市民《しみん》だ。兵士《へいし》はほとんどいない。これは軍用船《ぐんようせん》ではない。繰《く》り返《かえ》す、軍用船《ぐんようせん》ではない。」

1隻《せき》の宇宙船《うちゅうせん》が巨大《きょだい》な戦艦《せんかん》に攻撃《こうげき》を受《う》けている。かなり危険《きけん》な状況《じょうきょう》だ。アスガルドの門番《もんばん》ヘイムダルが苦《くる》しそうに腹《はら》を押《お》さえ、炎《ほのお》が上《あ》がる床《ゆか》に横《よこ》たわっている。そうだ、この船《ふね》ステイツマンは、死《し》の女神《めがみ》ヘラの侵攻《しんこう》はどうにかしのいだものの、ムスペルヘイムの炎《ほのお》の王《おう》スルトに自分《じぶん》たちの星《ほし》を破壊《はかい》されたアスガルドの民《たみ》を地《ち》球《きゅう》に向《む》けて運《はこ》んでいたのだ。

「聞《き》け。喜《よろこ》べ。」何者《なにもの》かがそう言《い》って、横《よこ》たわる何体《なんたい》ものアスガルドの民《たみ》の死骸《しがい》を乗《の》り越《こ》えていく。「おまえたちには偉大《いだい》なるタイタン星人《せいじん》が手《て》を差《さ》し伸《の》べたのだ。これは苦《くる》しみだと思《おも》うか？　違《ちが》う。これは救《すく》いなのだ。傾《かたむ》いた宇宙《うちゅう》の天秤《てんびん》は、おまえたちの犠牲《ぎせい》によって均衡《きんこう》を取《と》り戻《もど》す。」

顔《かお》が金属《きんぞく》でできた薄気味悪《うすきみわる》いこの男《おとこ》はエボニー・マウ。サノスの一の部下《ぶか》だ。

「ほほ笑《え》むのだ。おまえたちはその死《し》をもって偉大《いだい》なるサノスの子《こ》となるのだから。」

マウの演説《えんぜつ》をロキが悔《くや》しそうに聞《き》いている。彼《かれ》もこの船《ふね》に乗《の》っていたのだ。

「負《ま》けるのは悔《くや》しいだろう。自分《じぶん》は絶対《ぜったい》に正《ただ》しいと思《おも》いたいだろうが、どうにもなるまい。」金属《きんぞく》の鎧《よろい》をまとった巨大《きょだい》な男《おとこ》がそう言《い》って、横《よこ》たわる男《おとこ》の襟首《えりくび》をつかんでロキの元《もと》に運《はこ》んでくる。「おそろしさでたちまちへなへなと頽《くずお》れる。何《なん》のために戦《たたか》う？　こわいなら逃《に》げてしまえばいい。どうしたって運命《うんめい》はやってくる。ここにもう来《き》ているぞ。わたしという名《な》の運命《うんめい》がな。」

鋼鉄《こうてつ》の鎧《よろい》に加《くわ》えて鋼鉄《こうてつ》の兜《かぶと》をかぶったこの巨人《きょじん》はそう言《い》って、ロキがマウほかふたりの部下《ぶか》にとらわれているところにやってくると、左手《ひだりて》にはめた鋼鉄《こうてつ》の手袋《てぶくろ》ガントレットを突《つ》き出《だ》した。

ギュイーン。ガントレットが薄気味悪《うすきみわる》い音《おと》を上《あ》げる。

サノスだ。「宇宙《うちゅう》の救済《きゅうさい》」という歪《ゆが》んだ信念《しんねん》を実現《じつげん》するために、銀河《ぎんが》に散《ち》らばる6つのインフィニティ・ストーンを手《て》に入《い》れようとしている。

「おしゃべりなやつだ。」この宇宙《うちゅう》の大悪党《だいあくとう》の右手《みぎて》に頭《あたま》をわしづかみにされた男《おとこ》が言《い》った。ソーだ！ 右目《みぎめ》に黒《くろ》いアイパッチをはめたアスガルドの王《おう》は苦《くる》しそうに呻《うめ》きながら、目《め》の前《まえ》の義弟《ぎてい》ロキをもう片方《かたほう》の目《め》で見《み》つめる。

「四次元《よじげん》キューブか？ それとも兄《あに》の首《くび》か？」サノスはロキに尋《たず》ねる。「心《こころ》は決《き》まったようだな。」

「決《き》まったさ。」ロキは兄《あに》を見《み》ることなく、サノスを見《み》て言《い》った。「殺《ころ》すがいい。」

鋼鉄《こうてつ》の兜《かぶと》をかぶった巨人《きょじん》はそれを聞《き》いて少《すこ》し驚《おどろ》くが、直《ただ》ちにガントレットの人差《ひとさ》し指《ゆび》の下《した》のあたりをソーの左《ひだり》のこめかみ近《ちか》くに押《お》しつけた。

「あああ……ううう！」アスガルドの王《おう》はガントレットから照射《しょうしゃ》される紫色《むらさきいろ》のレーザーをあてられ、苦《くる》しそうに呻《うめ》く。

「わかった、やめろ！」ロキは大声《おおごえ》を上《あ》げた。

「おれたちはキューブを持《も》ってない。」

ガントレットから解放《かいほう》され、「アスガルドで破壊《はかい》された。」と、ソーがサノスに言《い》った矢先《やさき》にロキが四次元《よじげん》キューブを呼《よ》び出《だ》した。

テッセラクトとも呼《よ》ばれる瞬間移動《しゅんかんいどう》できるキューブが今《いま》、宙《ちゅう》に浮《う》いている。サノスはそれを見《み》て笑《え》みを浮《う》かべた。

「まったく、間《ま》の悪《わる》い弟《おとうと》だ。」

「感謝《かんしゃ》してほしいね。これでまた太陽《たいよう》が拝《おが》める。」ロキは兄《あに》にそう答《こた》えた。

「ふっふっふっふ。ずいぶん楽観的《らっかんてき》だな、アスガルド人《じん》は。」

「言《い》っておくが、わたしはアスガルド人《じん》じゃない。」ロキはキューブを右手《みぎて》に掲《かか》げながら、サノスに近《ちか》づき、言葉《ことば》をかけた。「あとこっちには、ハルクがいる。」

「グオオオオ！」ハルクだ！

ガン！　インクレディブル・ハルクが鋼鉄《こうてつ》の巨人《きょじん》に襲《おそ》いかかった。ロキはその隙《すき》に兄《あに》を安全《あんぜん》な場所《ばしょ》に移《うつ》したが、そこでキューブを落《お》としてしまう。

ガン、ガン、ガン！　アベンジャーズが誇《ほこ》る巨人《きょじん》がサノスを殴《なぐ》りつけて壁《かべ》に追《お》いこみ、そこに数度《すうど》頭《あたま》を打《う》ちつける。

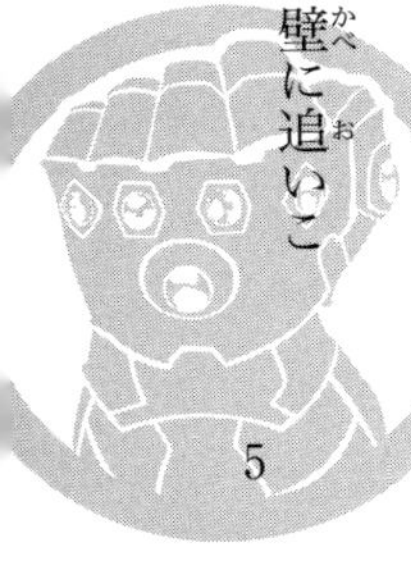

控《ひか》えていたサノスの部下《ぶか》のひとりカル・オブシディアンが助《たす》けに行《い》こうとするが、エボニー・マウが右手《みぎて》を動《うご》かして制《せい》した。「お楽《たの》しみの邪魔《じゃま》をするな。」

ハルクとほぼ同《おな》じ大《おお》きさのサノスは相手《あいて》の腕《うで》を捕《と》らえ、反撃《はんげき》に出《で》た。

バシッ！

「うう。」鋼鉄《こうてつ》の鎧《よろい》で武装《ぶそう》したサノスのパンチを受《う》け、緑《みどり》の巨人《きょじん》は苦《くる》しそうに呻《うめ》き声《ごえ》を上《あ》げる。

ハルクも応戦《おうせん》するが、サノスのほうが明《あき》らかに強《つよ》い。上半身裸《じょうはんしんはだか》の緑《みどり》の巨人《きょじん》の顔《かお》に体《からだ》に鋼鉄《こうてつ》のパンチを打《う》ちつけ、動《うご》きが止《と》まったところで両腕《りょううで》で高《たか》く持《も》ち上《あ》げると、ガシンと床《ゆか》に投《な》げつけた。

ドスン。ハルクは気《き》を失《うしな》って動《うご》けなくなったが、ソーがサノスに鉄棒《てつぼう》を打《う》ちつけた。だが、今《いま》のソーはとてもサノスに対抗《たいこう》できる状態《じょうたい》ではない。

「うう。」アスガルドの王《おう》は相手《あいて》の強力《きょうりょく》なパンチを受《う》けて、大《おお》きく吹《ふ》っ飛《と》ばされた。

ヒュン。ソーは再《ふたた》び立《た》ちあがるが、エボニー・マウに鉄《てつ》の拘束具《こうそくぐ》をいくつか投《な》げつけられ、身動《みうご》きが取《と》れなくなった。

「いにしえの神《かみ》よ。」悔《くや》しそうな表情《ひょうじょう》を浮《う》かべるソーを見《み》つめ、ヘイムダルがつぶやく。「暗黒《あんこく》の魔法《まほう》をわが身《み》に宿《やど》らせたまえ、今一度《いまいちど》。」

ビューン！　アスガルドの門番《もんばん》は最後《さいご》の力《ちから》を振《ふ》り絞《しぼ》ってあの伝説《でんせつ》の大剣《たいけん》に語《かた》りかけ、虹《にじ》の通路《つうろ》を開通《かいつう》してハルクをどこかに飛《と》ばした。

「すべきじゃなかったな。」満足《まんぞく》そうな笑《え》みを浮《う》かべるヘイムダルにサノスは近《ちか》づくと、大剣《たいけん》を手《て》にした。

「やめろ！」グサッ！　残忍《ざんにん》な鋼鉄《こうてつ》の巨人《きょじん》はソーの言葉《ことば》を聞《き》かず、アスガルドの大剣《たいけん》をその持《も》ち主《ぬし》の左胸《ひだりむね》に突《つ》き刺《さ》した。

「おまえを殺《ころ》してやる！　必《かなら》ず！」

それを聞《き》いて、エボニー・マウは鋼鉄《こうてつ》の口枷《くちかせ》をソーに向《む》けて飛《と》ばした。それが彼《かれ》の口《くち》にはまるのを確認《かくにん》し、口《くち》に指《ゆび》をあてて「しぃ。」とつぶやいた。

マウはロキが落《お》とした四次元《よじげん》キューブを拾《ひろ》い上《あ》げ、それを掲《かか》げてサノスの足元《あしもと》にひざまずく。「心《こころ》よりの忠誠《ちゅうせい》をあなたに捧《ささ》げます、ご主人様《しゅじんさま》。」

サノスは兜《かぶと》を取《と》り、青《あお》く光《ひか》るキューブを見《み》つめた。

「これほど力《ちから》を持《も》った気高《けだか》きお方《かた》は、ほかにはいない。インフィニティ・ストーンをひとつならずふたつも手《て》にされた。宇宙《うちゅう》はあなたの元《もと》にひざまずくでしょう。」

サノスは忠実《ちゅうじつ》な部下《ぶか》からテッセラクトを受《う》けとった。そしてこのキューブを握《にぎ》りつぶし、そこに残《のこ》った青白《あおじろ》く光《ひか》るストーンを左手《ひだりて》にはめたガントレットの中指《なかゆび》の下《した》の穴《あな》に埋《う》めこんだ。

ギューン！

「おお。」サノスは満足《まんぞく》そうな表情《ひょうじょう》を浮《う》かべ、部下《ぶか》たちに言《い》った。「地球《ちきゅう》にあとふたつストーンがある。探《さが》せ、わが子《こ》たちよ。タイタンに持《も》ち帰《かえ》るのだ。」

「必《かなら》ず持《も》ち帰《かえ》ります。」部下《ぶか》のひとりが答《こた》える。

「ちょっと一言《ひとこと》いいかな。」ロキがそこで口《くち》を挟《はさ》み、サノスたちに近《ちか》づく。「地球《ちきゅう》に行《い》くなら、ガイドが必要《ひつよう》だろ？　わたしはどうだ？　なかなか経験豊富《けいけんほうふ》だぞ。」

「失敗《しっぱい》も経験《けいけん》に数《かぞ》えるならな。」鋼鉄《こうてつ》の巨人《きょじん》はそう答《こた》えた。

「経験《けいけん》は経験《けいけん》だ。」ロキは続《つづ》ける。「全能《ぜんのう》なるサノスよ。わたしはロキ。アスガルドの王子《おうじ》。オーディンの息子《むすこ》。」そこで兄《あに》ソーの顔《かお》を見《み》つめた。

ソーも弟《おとうと》の顔《かお》を見《み》るが、口枷《くちかせ》がはめられていて話《はな》すことができない。

「そしてヨトゥンヘイムの王《おう》にして、裏切《うらぎ》りの神《かみ》だ。今《いま》あなたの前《まえ》に首《こうべ》を垂《た》れ、わが命《いのち》ある限《かぎ》り、忠誠《ちゅうせい》を誓《ちか》おう。」ロキはそこでサノスに向《む》かって頭《あたま》を下《さ》げた。

ギュン！　その瞬間《しゅんかん》、裏切《うらぎ》り王子《おうじ》は手《て》にしていた剣《けん》をサノスの喉《のど》に突《つ》き刺《さ》そうとしたが、すんでのところで阻《はば》まれた。

「命《いのち》ある限《かぎ》り？　言葉《ことば》はもっと慎重《しんちょう》に選《えら》べ。」サノスはロキの左手《ひだりて》から右手《みぎて》で剣《けん》を奪《うば》い、床《ゆか》に投《な》げ捨《す》てた。それからガントレットをはめた左手《ひだりて》でロキの首《くび》をつかんでその体《からだ》を持《も》ち上《あ》げた。

ロキは苦《くる》しそうにあえいで足《あし》をばたつかせるが、逃《のが》れることはできない。「おまえは……決《けっ》して神《かみ》には……なれん……。」

サノスはロキのその言葉《ことば》を聞《き》くと、笑《え》みを浮《う》かべ、首《くび》をさらに強《つよ》く締《し》めつけた。

ソーがかたわらで見《み》つめているが、動《うご》けない。

グキッ。ロキの首《くび》が音《おと》を立《た》てて折《お》れた。非情《ひじょう》なサノスはロキを捕《と》らえたままソーに近《ちか》づき、その脇《わき》にすでに息《いき》をしていない弟《おとうと》の亡骸《なきがら》をドサッと投《な》げつけた。

「今度《こんど》は生《い》き返《かえ》らないだろう。」サノスはそう言《い》うと、ガントレットをはめた左手《ひだりて》を一度《いちど》突《つ》き上《あ》げると、胸《むね》のあたりに落《お》とした。ガントレットのストーンが青白《あおじろ》い光《ひかり》を放《はな》ち、サノスとその部下《ぶか》たちは異次元《いじげん》へと移動《いどう》していった。

彼《かれ》らが消《き》えた瞬間《しゅんかん》、ソーを捕《と》らえていた拘束具《こうそくぐ》と口枷《くちかせ》が外《はず》れた。

「ロキ。」兄《あに》は弟《おとうと》の元《もと》に行《い》って悲《かな》しそうにつぶやくと、その胸《むね》に自分《じぶん》の顔《かお》をあてた。

バーン！ そして次《つぎ》の瞬間《しゅんかん》、ステイツマンは爆発《ばくはつ》して宇宙《うちゅう》に消《き》えた。

ヒューーン！ だが、ヘイムダルが飛《と》ばしたハルクは虹《にじ》の通路《つうろ》を駆《か》け抜《ぬ》けてどこかに向《む》かっていた。地球《ちきゅう》だ！

☆

「嘘《うそ》だろう？ 金《かね》はまったく持《も》ってないのか？」

「物質《ぶっしつ》への執着《しゅうちゃく》は精神《せいしん》を鈍《にぶ》らせるからな。」

紋章《もんしょう》のついた窓《まど》のある屋敷《やしき》で、そんな会話《かいわ》が交《か》わされている。

「デリの店員《てんいん》にそう言《い》おう。形而上学的《けいじじょうがくてき》ハムサンドを作《つく》ってもらえるだろう。」

何《なに》やらむずかしいことを言《い》うこの男《おとこ》はドクター・ストレンジだ。彼《かれ》はニューヨークのサンクタム・サンクトラムで仲間《なかま》のウォンと一緒《いっしょ》にいた。ふたりは地上階《ちじょうかい》に向《む》かう階段《かいだん》を下《お》りながら、会話《かいわ》を続《つづ》ける。

「わかった、わかった。払《はら》う、２００だ。」

「ドルか？」

「ルピーだ。」

「というと？」

「1ドル50セントだ。」

「何《なに》がほしい？」

「ま、ツナサンドでよしとしよう。」

ガ――ン！ ガラガラガラガラ！

ふたりが階段《かいだん》をまさに下《お》りたところで、その中《なか》ほどに何《なに》かがものすごい音《おと》を立《た》てて落《お》ちてきた。

何事《なにごと》だ？ ストレンジとウォンは大《おお》きく陥没《かんぼつ》した階段《かいだん》の穴《あな》をのぞいた。ウォンは用《よう》心《じん》して光《ひか》る魔法陣《まほうじん》、エルドリッチ・ライトを広《ひろ》げている。

「ううう。」上半身裸《じょうはんしんはだか》の緑色《みどりいろ》の皮膚《ひふ》の男《おとこ》がそこで呻《うめ》いていた。ハルク……いや、ブルース・バナーだ。

「サノスが来《く》る。地球《ちきゅう》に。」

「誰《だれ》だ？」ストレンジは一度《いちど》ウォンを見《み》て、再《ふたた》びバナーに目《め》を移《うつ》して尋《たず》ねた。

2　宇宙《うちゅう》に連《つ》れ去《さ》られる

「そう怒《おこ》るなよ。」

「またそうやって煙《けむ》に巻《ま》くつもりでしょう。」

トニー・スタークとバージニア・〝ペッパー〟・ポッツがニューヨークの公園《こうえん》を歩《ある》きながら話《はな》している。ふたりはジョギングをしていたようだ。

「たとえば、夢《ゆめ》の中《なか》でおしっこがしたくなった。」

「それで？」

「で、思《おも》った。まずい、トイレがない。どうしよう。ああ、誰《だれ》かこっち見《み》てる。」

「で、目《め》が覚《さ》めたら、実際《じっさい》おしっこしたかったってわけ？」

「そう。」

「あるわ。」

「だろ？」

「誰《だれ》でも経験《けいけん》ある。」

「だろ？　それを言《い》いたかったんだ。」

トニーはペッパーを見《み》つめながら木陰《こかげ》を歩《ある》いていくが、そこで足《あし》を止《と》めた。

「で、実《じつ》は昨夜《ゆうべ》、夢《ゆめ》を見《み》たんだ。子供《こども》が生《う》まれる夢《ゆめ》。リアルだったよ。きみのおじさんの名前《なまえ》をつけた。何《なん》て言《い》ったっけ？　モーガンだ、モーガン。」

「で、あなたは目《め》が覚《さ》めて、もしやって思《おも》ったわけ？」ペッパーは気持《きも》ちがやわらいだのか、笑《え》みを浮《う》かべた。

「そうかなって。当《あ》たり？」

「ええ。」

「すごくリアルな夢《ゆめ》だったぞ。」

「子供《こども》がほしいなら、こんなのつける？」ペッパーはそう言《い》って、トニーの胸《むね》のエンブレムを指《ゆび》さす。

「これのこと？　こんなのはただの微小工学部品《びしょうこうがくぶひん》のハウジングユニットさ。」

「全然《ぜんぜん》言《い》い訳《わけ》になってない。」

「取《と》り外《はず》し可能《かのう》だ。」

「必要《ひつよう》ないでしょ？」

「手術《しゅじゅつ》したんだ。ぼくらを守《まも》るためにね。ぼくらの未来《みらい》を守《まも》るために。」

トニーはアフガニスタンでミサイルの破片《はへん》が心臓《しんぞう》近《ちか》くに突《つ》き刺《さ》さり、現地《げんち》で応急手術《おうきゅうしゅじゅつ》を受《う》けたことがあった。一時期《いちじき》それで体調《たいちょう》を崩《くず》したこともあったが、完治《かんち》したはずだ。ということは、また違《ちが》う手術《しゅじゅつ》を受《う》けたのか？

トニーは話《はなし》を続《つづ》ける。

「ほら、クローゼットに怪物《かいぶつ》がいたら大変《たいへん》だろ？」

「あるのはシャツよ。」

「さすがわかってるね。何《なん》でもお見通《みとお》しだ。」

「クローゼットにはシャツしかないから。」

「ああ。」トニーは降参《こうさん》したとばかりに話題《わだい》を変《か》えた。「それはそうと、今夜《こんや》ディナーを予約《よやく》しておいた。ああ、この先《さき》サプライズはなしだ。約束《やくそく》するよ。誓《ちか》う。」

「ええ。」

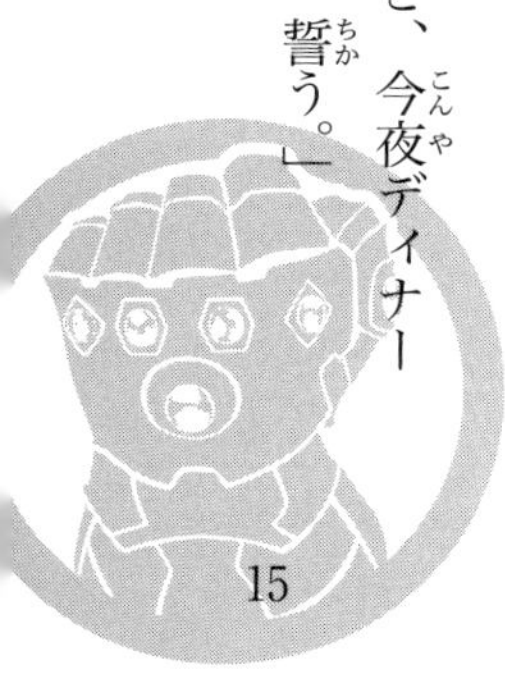

「ありがとう。」

トニーはそう言《い》ってペッパーに口《くち》づけをした。

「トニー・スターク。」

突然《とつぜん》、何者《なにもの》かがいいムードのふたりに水《みず》をさした。

「ドクター・スティーヴン・ストレンジだ。一緒《いっしょ》に来《き》てもらおう。」ストレンジがオレンジ色《いろ》の大《おお》きなエネルギーの輪《わ》の向《む》こうから出《で》てきて言《い》った。「ああ、それと、結《けっ》婚《こん》おめでとう。」

「なんだ、呼《よ》び出《だ》し状《じょう》を持《も》ってきたのか?」

「力《ちから》を貸《か》してほしいんだ。大《おお》げさじゃなく、宇宙《うちゅう》の命運《めいうん》がわれわれにかかっている。」

「われわれって誰《だれ》だ?」

「やあ、トニー。」ブルース・バナーがストレンジの脇《わき》から出《で》てきた。

「ブルース。」

「ペッパーも。」バナーはペッパーにも挨拶《あいさつ》する。

「ハイ、ブルース。」

バナーはトニーにたまらず抱《だ》きついた。

「大丈夫《だいじょうぶ》か？」トニーは心配《しんぱい》そうに、昔《むかし》からの友人《ゆうじん》に言《い》った。

☆

数分後《すうふんご》、トニー・スタークはサンクタム・サンクトラムにいた。

「宇宙《うちゅう》が誕生《たんじょう》する前《まえ》、そこは無《む》の世界《せかい》だった。」ウォンが大《おお》きな宇宙《うちゅう》の立体画像《りったいがぞう》を前《まえ》に説明《せつめい》している。「やがてドカーンとビッグバンとともに6つの結晶《けっしょう》が生《う》まれ、まっさらな宇宙《うちゅう》を駆《か》けめぐった。これがインフィニティ・ストーンだ。どれもさまざまな面《めん》をつかさどっている。」

「スペース。」青白《あおじろ》い石《いし》が光《ひか》る。「リアリティ。」赤《あか》い石《いし》が光《ひか》る。「パワー。」紫《むらさき》の石《いし》が。「ソウル。」オレンジの石《いし》が。「マインド。」黄色《きいろ》の石《いし》が光《ひか》る。

「そしてタイム。」そう言《い》ってドクター・ストレンジが胸《むね》につけた「アガモットの目《め》」に一度《いちど》右手《みぎて》を触《ふ》れ、両手《りょうて》を交差《こうさ》させると、そのペンダントが緑《みどり》の鮮《あざ》やかな光《ひかり》を発《はっ》した。

「もう一度《いちど》そいつの名前《なまえ》を言《い》ってくれ。」トニーはソファに腰《こし》をおろしたまま尋《たず》ねた。

「サノスだ。」バナーが苦《くる》しそうな顔《かお》で答《こた》える。「あいつは疫病《えきびょう》だ、トニー。あちこちの星《ほし》を襲《おそ》い、ほしいものを奪《うば》う。それぞれの星《ほし》の住民《じゅうみん》の半分《はんぶん》は殺《ころ》してしまう。」

そしてトニーに衝撃的《しょうげきてき》なことを告《つ》げた。「ロキを地球《ちきゅう》に送《おく》った。ニューヨークが襲《おそ》われたけど、それもサノスがやったことだ。」

「ついに来《き》たか。時間《じかん》の猶予《ゆうよ》は？」トニーは思《おも》わず立《た》ち上《あ》がるが、バナーから視線《しせん》をそらして歩《ある》き出《だ》す。

「わからない。」ハルクとしてあの怪物《かいぶつ》と実際《じっさい》に戦《たたか》ったこの科学者《かがくしゃ》は、トニーを追《お》って続《つづ》けた。「サノスはパワー・ストーンとスペース・ストーンを手《て》に入《い》れた。それだけでも宇宙最強《うちゅうさいきょう》だ。もしこの先《さき》あいつがすべてのストーンを手《て》に入《い》れたら……。」

「大虐殺《だいぎゃくさつ》が行《おこな》われるだろう。それも未曾有《みぞう》の規模《きぼ》で。」ストレンジが口《くち》を挟《はさ》む。

「未曾有《みぞう》なんて言葉《ことば》を使《つか》うやつがいるんだな。」トニーはそう言《い》って階段脇《かいだんわき》の大釜《おおがま》に右手《みぎて》をあてると、この場《ば》でストレッチでもしようというのか、左手《ひだりて》で左足《ひだりあし》をつかんだ。

「宇宙《うちゅう》の大鍋《おおなべ》によりかかるやつもいるのか。」自分《じぶん》が保管《ほかん》する古代《こだい》から現代《げんだい》に伝《つた》わる神聖《しんせい》な遺物《レリック》のひとつを汚《けが》されたと思《おも》ったか、ストレンジが、いやストレンジの浮遊《ふゆう》マントが、トニーの左足《ひだりあし》をバシッと叩《たた》く。

「今《いま》のは大目《おおめ》に見《み》てやろう。」スターク・インダストリーズの元社長《もとしゃちょう》でもある億万長者《おくまんちょうじゃ》は驚《おどろ》いてストレンジを見《み》つめるが、怒《いか》りを抑《おさ》えて答《こた》えた。そして続《つづ》けて言《い》う。「サノスが6個《こ》ほしいって言《い》うなら、きみが持《も》っているのを捨《す》てたらどうだ。」

「それはできない。」ドクター・ストレンジは首《くび》を振《ふ》って答《こた》えた。

「命《いのち》をかけてタイム・ストーンを守《まも》ると誓《ちか》ったんだ。」口《くち》を挟《はさ》んだのはウォンだ。

「ぼくも乳製品《にゅうせいひん》を断《た》つと誓《ちか》ったんだけど、ベン&《アンド》ジェリーズがぼくの名前《なまえ》をつけたアイスを出《だ》してね。」

「スターク・クレイジー・ナッツだろ。」ストレンジが意外《いがい》なことを言《い》う。「悪《わる》くないが、粉《こな》っぽくてチョークのようだ。」

「おれはハルクのイケイケアイスが好《す》きだ。」ウォンも続《つづ》ける。

「そんなのあるの？」バナーが驚《おどろ》いてウォンを見《み》つめて尋《たず》ねた。

「とにかく、言《い》いたいのは、状況《じょうきょう》が変《か》わったということだ。」トニーは言《い》った。

「タイム・ストーンを守《まも》るという誓《ちか》いは変《か》えられない。タイム・ストーンはサノスに

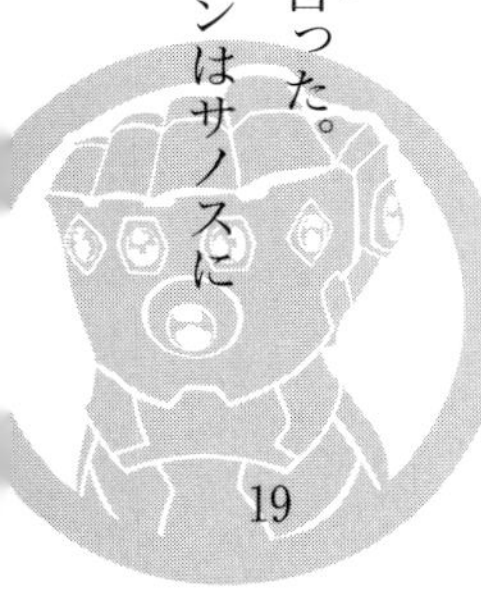

立《た》ち向《む》かう唯一《ゆいいつ》の鍵《かぎ》だ。」ストレンジはトニーを見《み》つめ返《かえ》して答《こた》えた。

「逆《ぎゃく》に向《む》こうがこっちを滅《ほろ》ぼす鍵《かぎ》になるかもしれないぞ。」トニーが反論《はんろん》した。

「われわれが務《つと》めを怠《おこた》れば……。」

「務《つと》めって何《なん》だ？　風船《ふうせん》で動物《どうぶつ》を作《つく》るとかか？」

「現実《げんじつ》を守《まも》っているんだ、クソ野郎《やろう》が。」ストレンジは穏《おだ》やかな表情《ひょうじょう》をしているものの、トニーの度重《たびかさ》なる挑発《ちょうはつ》に切《き》れてしまい、汚《きたな》い言葉《ことば》を突《つ》きつけた。

「おい、頼《たの》むから、冷静《れいせい》になろう。」バナーが間《あいだ》に入《はい》る。「大事《だいじ》なのはここにストーンがあるということだ。そうだろ？　それにヴィジョンもマインド・ストーンを持《も》ってる。一刻《いっこく》も早《はや》く彼《かれ》と合流《ごうりゅう》しないと。」

「それがむずかしいんだ。」トニーは腕《うで》を組《く》んで困惑《こんわく》の表情《ひょうじょう》を浮《う》かべた。

「なんで？」バナーは驚《おどろ》く。

「2週間前《しゅうかんまえ》、ヴィジョンの信号《しんごう》が途絶《とだ》えた。以来《いらい》、連絡が取れない《オフライン》。」

「おい、またスーパーロボットを失《な》くしたのか？」

「そうじゃない。ヴィジョンはロボットなんかじゃない。進化《しんか》してる。」

「誰《だれ》がヴィジョンを探《さが》せるんだ？」ストレンジがそこで尋《たず》ねた。

トニーはみんなに背中《せなか》を向《む》けたあと、しばらくして口《くち》を開《ひら》いた。「たぶんスティーブ・ロジャースなら。」

「それはいい。」バナーはうなずいた。

「たぶんね。だが……。」トニーは口《くち》が重《おも》くなる。

「電話《でんわ》しろよ。」

「簡単《かんたん》に言《い》うな。きみはいなかったから知《し》らないんだよ。」

「何《なに》を？」そうだ、バナーもハルクもアベンジャーズが分裂《ぶんれつ》して戦《たたか》ったときにいなかった。

「アベンジャーズはもう解散《かいさん》したんだ。」

「……解散《かいさん》って、バンドみたいにか？　ビートルズみたいに？」

「キャプテンと仲《なか》たがいして修復不可能《しゅうふくふかのう》だ。ずっと口《くち》をきいてない。」

「トニー、よく聞《き》いてくれ。」バナーは真剣《しんけん》な表情《ひょうじょう》で訴《うった》える。「ソーが死《し》んだ。サノスが地球《ちきゅう》に向《む》かっている。誰《だれ》と話《はな》せる話《はな》せないなんて言《い》ってる場合《ばあい》か？」

トニーは重苦《おもくる》しい表情《ひょうじょう》でバナーの顔《かお》をじっと見《み》つめていたが、再《ふたた》び彼《かれ》らに背《せ》を向《む》けてポケットから何《なに》かを取《と》り出《だ》した。

「ガラケーか。」キャプテンから届《とど》いたあの携帯電話《けいたいでんわ》だ。それでついに連絡《れんらく》を取《と》ろうとする。

だが、異変《いへん》を感《かん》じ、周囲《しゅうい》を見回《みまわ》す。

「ドクター、前髪《まえがみ》を動《うご》かしているのか？」トニーはストレンジの顔《かお》を見《み》て尋《たず》ねた。

「今《いま》は動《うご》かしてるつもりはないが。」

トニーはバナーが開《あ》けた天井《てんじょう》の穴《あな》を見《み》て、それから玄関《げんかん》に視線《しせん》を移《うつ》した。その向《む》こうでは人々《ひとびと》が大声《おおごえ》を上《あ》げて走《はし》っていく。何《なに》か変《へん》だ。あわてて外《そと》に出《で》てみる。

「きゃあ！」「うわあ！」

何《なに》かがあったようだ。人々《ひとびと》が逃《に》げまどい、車《くるま》のクラクションがあちこちで鳴《な》っている。

トニーは人々《ひとびと》が逃《に》げてくる方向《ほうこう》に向《む》かう。倒《たお》れた男性《だんせい》を助《たす》け起《お》こすと、車《くるま》が突《つ》っこんできて、ふたりの目《め》の前《まえ》の電柱《でんちゅう》にぶつかった。

「そっち頼《たの》む、ウォン、ドクター。」トニーは何《なに》かが起《お》こっている方向《ほうこう》に足《あし》を進《すす》めながら、人工知能《じんこうちのう》のフライデーに語《かた》りかけた。「フライデー、何事《なにごと》だ？」

「わかりません。調《しら》べます。」

「タイム・ストーンは持《も》ち歩《ある》かずにどこかに大事《だいじ》にしまっておけ。」トニーはストレンジに命《めい》じた。

「使《つか》うかもしれない。」ストレンジは両腕《りょううで》に巻《ま》いたエネルギーの輪《わ》を交差《こうさ》させて答《こた》えた。

トニーとストレンジが角《かど》を曲《ま》がると、金属《きんぞく》の塊《かたまり》がものすごい勢《いきお》いで飛《と》んできた。

何《なに》かとんでもなくおそろしいことが起《お》こっている。

☆

ピーター・パーカーの腕《うで》の毛《け》が逆立《さかだ》った。外《そと》を見《み》ると、巨大《きょだい》な輪《わ》のような飛行体《ひこうたい》が浮《う》かんでいる。彼《かれ》はクラスメートたちとスクール・バスに乗《の》っていたのだ。ピーターは前《まえ》の座席《ざせき》でイヤホンを耳《みみ》に差《さ》しているネッドに語《かた》りかけた。「ネッド、おい。騒《さわ》いでみんなの気《き》を引《ひ》いてくれ。」

「なんだよ、あれ！」ネッドは直《ただ》ちに立《た》ちあがり、後《うし》ろのほうに移動《いどう》しながら、例《れい》の飛行体《ひこうたい》を指《ゆび》さして言《い》う。「やばい、死《し》んじゃう！　宇宙船《うちゅうせん》だ！」

クラスメートもあわてて立《た》ちあがり、ピーターはみんなの気《き》がそれたところで、青《あお》い鞄《かばん》からウェブ・シューターを取《と》り出《だ》して手首《てくび》に巻《ま》いた。そこから反対側《はんたいがわ》の窓枠《まどわく》に向《む》けてウェブを飛《と》ばし、はまっていたガラスを外《はず》して外《そと》に出《で》た。

「なんだ、小僧《こぞう》ども。宇宙船《うちゅうせん》を見《み》たことはないのか？」眼鏡《めがね》をかけた年輩《ねんぱい》の運転手《うんてんしゅ》が騒《さわ》ぐ子供《こども》たちに声《こえ》をかける。

バスの外側《そとがわ》にはりついていたピーターは鞄《かばん》からスパイダーマンのマスクを取《と》り出《だ》してかぶると、鞄《かばん》をつかみ、ウェブを飛《と》ばして移動《いどう》した。バスはちょうど川《かわ》にかかる大《おお》きな橋《はし》にさしかかったところで、それにウェブをかけて大《おお》きく橋《はし》の下《した》をくぐり、遠心《えんしん》力《りょく》を利用《りよう》して謎《なぞ》の輪《わ》のような飛行体《ひこうたい》に向《む》かって飛《と》んでいく。

☆

「フライデー、43丁目《ちょうめ》より南《みなみ》を避難《ひなん》させろ。当局《とうきょく》にも通報《つうほう》だ。」トニーはドアが開《ひら》いたまま止《と》まっている車《くるま》に近《ちか》づき、サングラスをかけて人工知能《じんこうちのう》に語《かた》りかけた。

「了解《りょうかい》しました。」

その後《うし》ろでドクター・ストレンジが両腕《りょううで》に巻《ま》いたエネルギーの輪《わ》から、あの謎《なぞ》の飛《ひ》行体《こうたい》に向《む》かって巨大《きょだい》な魔法陣《まほうじん》を飛《と》ばす。だが、特《とく》に変化《へんか》はない。ストレンジもトニーも、そして後《あと》についてきていたウォンもバナーも不安《ふあん》そうに見上《みあ》げる。

シュッ。飛行体《ひこうたい》から突然《とつぜん》青《あお》い光《ひかり》が地上《ちじょう》に向《む》かって伸《の》びてきた。光《ひかり》が消《き》えると、地上《ちじょう》にふたりの宇宙人《うちゅうじん》の姿《すがた》があった。トニーたちは自分《じぶん》たちの前《まえ》に現《あらわ》れた、巨大《きょだい》な鉄《てつ》の鎧《よろい》をつけた大男《おおおとこ》と、それより小《ちい》さいがやはり鉄《てつ》の顔《かお》を持《も》った男《おとこ》に近《ちか》づいた。

「聞《き》け。そして喜《よろこ》べ。」小《ちい》さいほうの男《おとこ》が話《はな》しかけた。「おまえたちはサノスの子《こ》によって死《し》を迎《むか》えるのだ。感謝《かんしゃ》するがいい。」これはエボニー・マウだ。「意味《いみ》のないおまえたちの命《いのち》が、宇宙《うちゅう》のバランスを……。」

「悪《わる》いけど、地球《ちきゅう》は今日《きょう》はもう店《みせ》じまいだ。」トニーがやかましいとばかりに口《くち》を挟《はさ》む。「さっさと荷物《にもつ》をまとめて帰《かえ》るんだな。」

「ストーンを持《も》つ者《もの》よ。そのうるさい動物《どうぶつ》はおまえの代弁者《だいべんしゃ》か？」

「まさか。一緒《いっしょ》にするな。」ストレンジはマウにそう言《い》い放《はな》つと、両手《りょうて》にオレンジ色《いろ》の魔法陣《まほうじん》を浮《う》かべていざ戦《たたか》いに備《そな》える。「ここもこの星《ほし》も立《た》ち入《い》り禁止《きんし》だ。」

ウォンも同《おな》じく両手《りょうて》に魔法陣《まほうじん》を浮《う》かべる。

「さっさとうせろ、イカ野郎《やろう》。」トニー・スタークは地球《ちきゅう》への不法侵入者《ふほうしんにゅうしゃ》をそう言《い》って怒鳴《どな》りつけた。

「うんざりだな、ストーンを奪《うば》え。」

「グルル。」巨大《きょだい》なカル・オブシディアンはマウの指示《しじ》を受《う》け、おそろしい武器《ぶき》を手《て》に4人《にん》に向《む》かって歩《ある》き出《だ》した。

「バナー、一丁《いっちょう》やるか？」

「いや、だが、『嫌《いや》だ。』と言《い》ってもやらなきゃならないんだろう？」トニーに言《い》われ、バナーが答《こた》えた。

「そういうこと。」トニーはバナーに声《こえ》をかける。「よし。久々《ひさびさ》だな。きみがいてよかった。」

「しぃー、静《しず》かに。こっちに集中《しゅうちゅう》させてくれ。」バナーはいざハルクに変身《へんしん》しようとするが、うまくいかない。「さ、どうした？　ほれ。」

「おい、どうした？」トニーが尋《たず》ねた。

「最近《さいきん》、彼《かれ》と折《お》り合《あ》いが悪《わる》くて。」バナーの首筋《くびすじ》は緑色《みどりいろ》に染《そ》まるが、ハルクは出《で》てこない。

「むずかってる場合《ばあい》か。」億万長者《おくまんちょうじゃ》で、現在《げんざい》のアベンジャーズのリーダーはいらだって言《い》い放《はな》った。「敵《てき》は目《め》の前《まえ》だ。行《い》け。」

「……ウウウ……グオォォオ……。」

必死《ひっし》にハルクに変身《へんしん》しようとする脇《わき》で、トニーはストレンジと不安《ふあん》げに視線《しせん》を交《か》わす。巨大《きょだい》なオブシディアンはおそろしい鉄《てつ》の斧《おの》を持《も》ってすぐ近《ちか》くまでやってきている。

「おい、魔法使《まほうつか》いの前《まえ》でぼくに恥《はじ》をかかせるな。」

「すまない。ぼくのせいなのか、彼《かれ》のせいなのかわからないけど。」

「もういい。落《お》ち着《つ》け。」トニーはウォンにバナーを引《ひ》き渡《わた》す。「面倒《めんどう》みてやって。」

「ああ、まかせろ。」ウォンは魔法陣《まほうじん》を構《かま》えたまま答《こた》えた。

トニーは背筋《せすじ》を伸《の》ばして歩《ある》き出《だ》し、例《れい》の胸《むね》のエンブレムをポンポンと叩《たた》く。すると赤《あか》いアイアンマン・スーツが浮《う》かび上《あ》がった。そしてサングラスをとると、その顔《かお》が金色《きんいろ》の輝《かがや》くマスクに包《つつ》まれた。

究極《きゅうきょく》のアイアンマン・スーツ、ブリーディング・エッジ・アーマーをまとった地球《ちきゅう》の最強《さいきょう》ヒーローの登場《とうじょう》だ！

アイアンマンは向《む》かってきたカル・オブシディアンを殴《なぐ》りつけた。さらに両手《りょうて》を伸《の》ばして前方《ぜんぽう》に開《ひら》いた円形《えんけい》のエネルギー・ブレードをいくつか浮《う》かび上《あ》がらせ、そこからビームを飛《と》ばしてオブシディアンを吹《ふ》っ飛《と》ばす。

巨大《きょだい》な敵《てき》はエボニー・マウに向《む》かって飛《と》んでいくが、マウはさっと右手《みぎて》を動《うご》かして方向《ほうこう》をそらす。カル・オブシディアンはガンと背後《はいご》の車《くるま》にぶちあたって止《と》まった。

「それ、どっから出《で》てきた？」バナーはアイアンマンに尋《たず》ねる。

「ナノテクだ。いいだろう？」アイアンマンは円形《えんけい》のエネルギー・ブレードを収納《しゅうのう》して答《こた》えた。

この最新《さいしん》アーマーは全体《ぜんたい》がナノマシンで構成《こうせい》されていて、ふだんはトニー・スタークの体内《たいない》に格納《かくのう》されているが、危険《きけん》があれば彼《かれ》の血中《けっちゅう》から肌《はだ》を通《とお》してナノマシンが湧《わ》いてアーマーを構築《こうちく》する。これにより、中《なか》にいるトニーは自分《じぶん》のイメージ通《どお》りにあらゆる武器《ぶき》を操《あやつ》ることができるのだ。

だが、エボニー・マウは右手《みぎて》を上《うえ》に向《む》けて動《うご》かしてアイアンマンを上空《じょうくう》に飛《と》ばすと、左手《ひだりて》を動《うご》かして近《ちか》くにあった木《き》の幹《みき》をストレンジに向《む》けて飛《と》ばす。ウォンが魔法《まほう》陣《じん》を広《ひろ》げてそれを防《ふせ》ぐ。

「バナー先生《せんせい》、緑色《みどりいろ》の彼《かれ》が参戦《さんせん》しないのなら……。」ストレンジはそう言《い》うとオレンジ色《いろ》の光《ひかり》のゲートを開《ひら》き、バナーをどこか公園《こうえん》のようなところに飛《と》ばした。

車《くるま》が1台《だい》落《お》ちてきて、アイアンマンも戻《もど》ってきた。そしてストレンジが浮《う》かび上《あ》がらせたオレンジ色《いろ》の魔法陣《まほうじん》を背後《はいご》から奪《うば》い、それを使《つか》って近《ちか》くにあった車《くるま》をマウに向《む》けて飛《と》ばす。だが、彼《かれ》らの前《まえ》に立《た》ちはだかった強力《きょうりょく》な敵《てき》は、再《ふたた》びさっと手《て》を動《うご》かし、飛《と》んできた車《くるま》をまっぷたつにしてしまった。

「そのストーン、どっかにやってくれ。」アイアンマンはストレンジに言《い》った。

「ストーンはわたしとともにある。」

「そうだな。じゃあな。」アイアンマンはそう言《い》って、マウが投《な》げつける物体《ぶったい》を避《よ》けながらこの宇宙《うちゅう》からの敵《てき》に向《む》かっていくが、背後《はいご》から突然《とつぜん》カル・オブシディアンが鉄《てつ》の斧《おの》を伸《の》ばし、赤《あか》いヒーローを一撃《いちげき》した。

ガン！　アイアンマンははるか遠《とお》くの公園《こうえん》まで飛《と》ばされた。

「トニー、無事《ぶじ》か？」木《き》にぶちあたって止《と》まったアイアンマンに、バナーが駆《か》けつける。彼《かれ》はストレンジにここに飛《と》ばされていたのだ。「状況《じょうきょう》はいいのか？　悪《わる》いのか？」

「上々《じょうじょう》だ。楽勝《らくしょう》だよ。」アイアンマンはそう答《こた》えると、バナーにたずねた。

「それよりそっちは戦《たたか》えそうか？」

「出《で》てきてくれないんだよ。」

ガシャン！　その瞬間《しゅんかん》オブシディアンが建物《たてもの》を壊《こわ》して出《で》てくると、鉄《てつ》の斧《おの》をふたりに向《む》かって投《な》げつけた。

「やばい！」アイアンマンはバナーを押《お》しのけて間一髪《かんいっぱつ》逃《のが》れる。

巨大《きょだい》な敵《てき》はアイアンマンからビームを受《う》けるが、鋼鉄《こうてつ》の武器《ぶき》で阻止《そし》する。次《つぎ》の瞬《しゅん》間《かん》、近《ちか》くの木《き》がなぎ倒《たお》される。バナーはそれを避《よ》けながらハルクに変身《へんしん》しようとする。

「どうした、ハルク？　なんでなんだよ！」バナーは頬《ほお》をバンバン叩《たた》いてもうひとりの自分《じぶん》を怒鳴《どな》りつける。「出《で》てこい、出《で》てこい、出《で》てこい！」その顔《かお》が緑《みどり》に染《そ》まり、ハルクの顔《かお》が浮《う》かび上《あ》がるが……。

「イヤダ！」ハルクはそう答《こた》え、バナーはへなへなと倒《たお》れこんだ。「『イヤダ！』ってどういうことだよ？」

アイアンマンはカル・オブシディアンに向《む》かっていくが、弾《はじ》き飛《と》ばされてしまう。強力《きょうりょく》な敵《てき》は倒《たお》れこんだ赤《あか》いヒーローに巨大《きょだい》な鋼鉄《こうてつ》の武器《ぶき》を振《ふ》りおろそうとするが、すんでのところで何者《なにもの》かによって止《と》められた。

「やあ、どうも、スタークさん。」

「おい、どこから来《き》た？」突然《とつぜん》出《で》てきたもうひとりの赤《あか》いヒーロー、スパイダーマンに、アイアンマンは尋《たず》ねた。

「社会科見学《しゃかいかけんがく》……。」そう答《こた》えた瞬間《しゅんかん》、スパイダーマンは敵《てき》に飛《と》ばされてしまう。「こいつら一体何《いったいなん》なの、スタークさん？」ウェブを飛《と》ばして再《ふたた》び立《た》ち向《む》かいながらアイアンマンに尋《たず》ねた。

「宇宙《うちゅう》から魔法使《まほうつか》いのネックレスを盗《ぬす》みに来《き》たんだ。」アイアンマンもそう答《こた》えなが

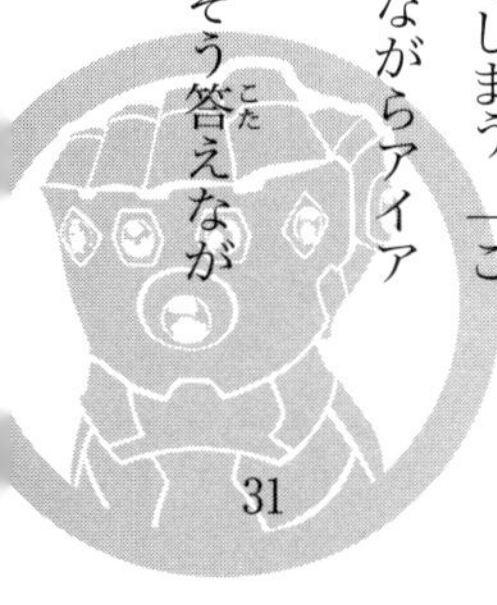

ら応戦《おうせん》する。

スパイダーマンはカル・オブシディアンに飛《と》びかかるが、巨大《きょだい》な武器《ぶき》に捕《と》らえられてぶんぶん振《ふ》りまわされる。アイアンマンが背後《はいご》からビームを放《はな》ってスパイダーマンを助《たす》けようとするが、年少《ねんしょう》の仲間《なかま》は遠《とお》くに飛《と》ばされてしまう。

同《おな》じ頃《ころ》、ストレンジはエボニー・マウの攻撃《こうげき》を受《う》けていた。薄気味悪《うすきみわる》い顔《かお》をしたこの敵《てき》は左手《ひだりて》を持《も》ち上《あ》げて周《まわ》りに落《お》ちているがれきを浮《う》かび上《あ》がらせると、両手《りょうて》を押《お》し出《だ》してそのすべてを魔法使《まほうつか》いに向《む》けて飛《と》ばした。ストレンジが大《おお》きな光《ひか》るゲートを開《あ》けてそれらをすべて吸《す》いこんでどこかに飛《と》ばしてしまうと同時《どうじ》に、ウォンが車《くるま》を1台《だい》この宇宙《うちゅう》からの敵《てき》に向《む》けて飛《と》ばした。マウはそれを受《う》けとめるが、仲間《なかま》の援護《えんご》を受《う》けてストレンジが光《ひか》るゲートから飛《と》ばした剣《けん》のひとつを食《く》らうことになった。

「うっ。」マウは顔《かお》をゆがめてウォンをにらみつけると、右手《みぎて》を彼《かれ》に向《む》けてどこかに飛《と》ばしてしまう。

ストレンジはオレンジ色《いろ》のエネルギーの鞭《むち》をマウに投《な》げつけるが、老獪《ろうかい》な宇宙人《うちゅうじん》はそれを受《う》けとめると今度《こんど》は地球《ちきゅう》の魔法使《まほうつか》いを空《そら》に飛《と》ばし、近《ちか》くのビルの壁《かべ》の高《たか》いところに貼《は》りつけてしまう。ストレンジは体《からだ》に石《いし》をたくさん貼《は》りつけられて動《うご》けない。

「おまえの力《ちから》はおもしろいな。」マウがストレンジに近《ちか》づいて言《い》う。「子供《こども》に人気《にんき》があるだろう。」

そして魔法使《まほうつか》いが胸《むね》につけた「アガモットの目《め》」を取《と》ろうとした。

「うわあ！」だがそのペンダントは強烈《きょうれつ》な熱《ねつ》と光《ひかり》を発《はっ》し、マウは手《て》を引《ひ》っこめた。

「単純《たんじゅん》な呪文《じゅもん》だが破《やぶ》れないぞ。」

「では、おまえを殺《ころ》してストーンを奪《うば》う。」マウはおそろしい形相《ぎょうそう》で魔術師《まじゅつし》の襟元《えりもと》をつかんで石《いし》の中《なか》から引《ひ》き出《だ》して地上《ちじょう》に落《お》とした。

ストレンジは両腕《りょううで》を広《ひろ》げて「アガモットの目《め》」を光《ひか》らせて応戦《おうせん》しようとするが、腕《うで》が、体《からだ》が、脚《あし》が、そして首《くび》が、意志《いし》を持《も》った紐《ひも》のようなもので縛《しば》りつけられて身動《みうご》きがとれない。

「……わたしが死《し》んだら……呪文《じゅもん》を破《やぶ》るのは一苦労《ひとくろう》だぞ……。」何本《なんぼん》もの紐《ひも》に縛《しば》りつけられた魔法使《まほうつか》いは苦《くる》しそうに言《い》った。

「死《し》にたいと思《おも》わせてやる。」いつのまにか目《め》の前《まえ》に浮《う》かんでいたマウがさらに紐《ひも》の

縛《しば》りを強《つよ》めながらストレンジに言《い》う。

ついに倒《たお》れてしまった魔術師《まじゅつし》を、マウは右手《みぎて》を軽《かる》く動《うご》かし、その下《した》のアスファルトもろともはぎとって宙《ちゅう》に浮《う》かべる。そしてそのままどこかに連《つ》れていこうとする。

「何《なに》？」

マウが気《き》づいたときには、ストレンジの浮遊《ふゆう》マントが主《あるじ》の体《からだ》を紐《ひも》の縛《しば》りから引《ひ》き出《だ》し、ものすごいスピードで別《べつ》のどこかに運《はこ》んでいった。

一方《いっぽう》、アイアンマンとスパイダーマンも宇宙《うちゅう》からの強敵《きょうてき》に苦《くる》しめられていた。

ヒュン！

「魔法使《まほうつか》いのほうを頼《たの》む。」目《め》の前《まえ》をストレンジが飛《と》んでいくのを見《み》て、アイアンマンはカル・オブシディアンの攻撃《こうげき》に耐《た》えながら若《わか》い相棒《あいぼう》に言《い》った。

「了解《りょうかい》。」

スパイダーマンはウェブを自在《じざい》に使《つか》ってストレンジを、そしてその前《まえ》にいるエボニー・マウを追《お》う。

「わあ！」

だが、マウには後《うし》ろにも目《め》がついているのか、大《おお》きな看板《かんばん》をスパイダーマンに向《む》けて飛《と》ばした。

若《わか》いニューヨークのヒーローはそれでもふたりを追《お》っていくが、ストレンジのマントが信号機《しんごうき》に引《ひ》っかかって動《うご》きが止《と》まり、それが脱《ぬ》げてしまった魔法使《まほうつか》いをマウが捕《と》らえて宇宙船《うちゅうせん》に連《つ》れこもうとする。

スパイダーマンはストレンジにウェブを貼《は》りつけ、左手《ひだりて》で近《ちか》くの鉄柱《てっちゅう》をつかんで阻《はば》もうとするが、マウは再《ふたた》び右手《みぎて》を動《うご》かし、若《わか》いヒーローもろとも上空《じょうくう》に浮《う》かぶ宇宙船《うちゅうせん》に強引《ごういん》に運《はこ》び入《い》れようとする。ストレンジの赤《あか》いマントも主《あるじ》を追《お》う。

「スタークさん、ぼく、連《つ》れていかれちゃう……。」

「がんばれ、坊主《ぼうず》。」無線《むせん》で答《こた》えるアイアンマンも、カル・オブシディアンに苦闘《くとう》を強《し》いられていた。自分《じぶん》より何倍《なんばい》も大《おお》きな鉄《てつ》の怪物《かいぶつ》に何度《なんど》も投《な》げ飛《と》ばされ、ついには鉄《てつ》の枷《かせ》で地面《じめん》に押《お》さえつけられて動《うご》けなくなってしまう。オブシディアンに巨大《きょだい》な鉄《てつ》の斧《おの》を突《つ》き刺《さ》されそうになったその瞬間《しゅんかん》、地球《ちきゅう》の鉄《てつ》のヒーローはどこかに消《き》え、宇宙《うちゅう》から来《き》た鉄《てつ》の怪物《かいぶつ》はどこかに飛《と》ばされていた。

ここはどこだ？　あたり一面雪景色《いちめんゆきげしき》の高山《こうざん》のようなところだが……。振《ふ》り向《む》くと、オレンジ色《いろ》のゲートが宙《ちゅう》に浮《う》かんでいる。オブシディアンはそこに飛《と》びこもうとするが、その前《まえ》に閉《と》じてしまう。

ウォンだ！　彼《かれ》が光《ひかり》のゲートを開《ひら》いて、この強力《きょうりょく》な異星人《いせいじん》をどこか遠《とお》い雪山《ゆきやま》に飛《と》ばしたのだ。

頼《たの》もしそうに構《かま》えるウォンのかたわらに、オブシディアンの左手《ひだりて》だけが転《ころ》がりこんできた。

「ウォン、結婚式《けっこんしき》に招待《しょうたい》するよ。」アイアンマンは立《た》ちあがってそれを蹴飛《けと》ばし、敵《てき》にはめられた枷《かせ》を解《と》いてそう言《い》うと、ストレンジたちが運《はこ》びこまれようとしている宇《う》宙船《ちゅうせん》に向《む》かって飛《と》び立《た》った。

マウはすでにストレンジを船内《せんない》に運《はこ》びこんでいた。

その外側《そとがわ》では宇宙船《うちゅうせん》の巨大《きょだい》な輪《わ》が回転《かいてん》し、見《み》るとスパイダーマンが壁《かべ》に必死《ひっし》にしがみついている。

「加速《かそく》しろ、フライデー。」アイアンマンはまだ高校生《こうこうせい》のヒーローの元《もと》に一刻《いっこく》も早《はや》くたどり着《つ》かねばならず、人工知能《じんこうちのう》に命《めい》じた。

「17のA《エー》をロック解除《かいじょ》。」若《わか》いヒーローの危機《きき》を感《かん》じたか、アベンジャーズのリーダーがさらに指示《しじ》を出《だ》すと、ニューヨークの北部《ほくぶ》に移《うつ》したばかりの自分《じぶん》たちの新本部《しんほんぶ》から何《なに》かがバンと飛《と》び出《だ》して、ものすごい速《はや》さでどこかに飛《と》んでいった。

「ピーター、放《はな》していいぞ。キャッチしてやる。」スパイダーマンが宇宙船《うちゅうせん》の壁《かべ》を苦《くる》しそうに上《あ》がっていくのを感《かん》じ取《と》り、アイアンマンは無線《むせん》でそう呼《よ》びかけた。

「でも、魔法使《まほうつか》いを頼《たの》むって言《い》ったじゃない。」スパイダーマンは下《した》に向《む》かってそう答《こた》えるが、苦《くる》しそうだ。「息《いき》ができない。ああ……。」ついにマスクを取《と》ってしまう。

「あまりに高《たか》いところにいる。酸素《さんそ》が薄《うす》くなっているんだ。」

「ああ、はあ……確《たし》かにね。」アイアンマンにそう言《い》われて、はあ、はあと苦《くる》しそうに息《いき》をしながらスパイダーマンは答《こた》えた。

そしてふっと意識《いしき》を失《うしな》い、壁《かべ》から手《て》を放《はな》してしまう。

……シュッ、バン！　新《しん》アベンジャーズ本部《ほんぶ》から飛《と》び出《だ》した物体《ぶったい》がアイアンマンの脇《わき》をすり抜《ぬ》けて飛散《ひさん》し、その中身《なかみ》が転落《てんらく》していく若《わか》いヒーローの体《からだ》に貼《は》りついた。

新型《しんがた》スパイダーマン・スーツだ！　これはピーターがニューヨークをバルチャーからみごと救《すく》ったあと、彼《かれ》をアベンジャーズに迎《むか》え入《い》れようとしてトニーが用意《ようい》していたあのスーツだ。

ついにそれをまとったスパイダーマンは、落下《らっか》しながらガンガンと何度《なんど》か壁《かべ》にぶちあたるが、ようやく足場《あしば》を得《え》て立《た》ちあがった。

アイアンマン・スーツをまとったアイアン・スパイダーだ！

「す、すごい。スタークさん、これ、ピカピカの新車《しんしゃ》のにおいがするよ！」アイアン・スパイダーが興奮《こうふん》して言《い》う。

「気《き》をつけて帰《かえ》れよ。」アイアンマンはアイアン・スパイダーを見《み》てそう言《い》うと、人工知能《じんこうちのう》に命《めい》じた。「フライデー、送《おく》ってやれ。」

「はい。」

「わあ、待《ま》ってよ！」アイアン・スパイダーは人工知能《じんこうちのう》に連《つ》れ去《さ》られた。

アイアンマンは宇宙船《うちゅうせん》に貼《は》りつき、左腕《ひだりうで》からレーザーを発《はっ》して壁《かべ》に穴《あな》を開《あ》けて中《なか》に入《はい》った。

「ボス、ミス・ポッツからお電話《でんわ》です。」フライデーからの通信《つうしん》だ。

「トニー、ねえ、大丈夫《だいじょうぶ》なの？」ペッパーが心配《しんぱい》そうに尋《たず》ねる。「どうなってるの？」

「大丈夫《だいじょうぶ》だ。ただ、8時半《じはん》の予約《よやく》は遅《おく》らせないとな。」トニーが申《もう》し訳《わけ》なさそうに答《こた》えた。

「どうして？」

「まだ戻《もど》れそうにないんだ。」

「まさかあの宇宙船《うちゅうせん》に乗《の》ってるんじゃないでしょうね？」

「ああ……。」トニーはアイアンマンのマスクを消《け》して素顔《すがお》で苦《くる》しそうに答《こた》える。

「ねえ、お願《ねが》いよ、乗《の》ってないって言《い》って。」

「……何《なん》て言《い》ったらいいかわからないんだ。」

「お願《ねが》いよ、すぐに戻《もど》ってきて。今《いま》すぐ。」ペッパーはトニーが心配《しんぱい》でたまらない。

「お願《ねが》い、戻《もど》ってきて！」

さすがのトニーも悲痛《ひつう》な表情《ひょうじょう》を浮《う》かべた。

「通信《つうしん》が切《き》れました。」フライデーの通信《つうしん》も届《とど》かないところまで来《き》てしまったようだ。「では、わたしも。」

アイアン・スパイダーは地球《ちきゅう》に戻《もど》らず、輪《わ》が回転《かいてん》する宇宙船《うちゅうせん》の外壁《がいへき》につかまっていた。

「ああ、なんてことだ。」ついに入《い》り口《ぐち》を見《み》つけて宇宙船《うちゅうせん》に乗《の》りこんだ。「やっぱりバスに乗《の》ってればよかった。」

宇宙船《うちゅうせん》の中《なか》ではエボニー・マウがいよいよ行動《こうどう》に移《うつ》ろうとしていた。

☆

地球《ちきゅう》ではブルース・バナーが廃墟《はいきょ》の中《なか》から、トニーがスティーブ・ロジャースに連絡《れんらく》しようとしていたあの携帯《けいたい》を見《み》つけた。

「どこへ行《い》く？」それを拾《ひろ》い上《あ》げ、光《ひかり》のゲートを開《ひら》いてその向《む》こうに行《い》こうとするウォンに尋《たず》ねる。

「タイム・ストーンを奪《うば》われた。サンクタムを守《まも》らないと。」ウォンはバナーに尋《たず》ねる。「そっちは？」

「電話《でんわ》をかけないと。」

ウォンはうなずき、ゲートを消《け》す。

バナーは埃《ほこり》まみれの携帯《けいたい》の画面《がめん》にふっと一息《ひといき》かけて、登録《とうろく》してある「スティーブ・ロジャース」を呼《よ》び出《だ》して電話《でんわ》をかけた。

3　おれたちはニダベリアへ、おまえらはノーウェアへ

宇宙《うちゅう》。1隻《せき》の宇宙船《うちゅうせん》が軽快《けいかい》に飛《と》んでいく。

「おい、みんな、準備《じゅんび》しろ。あのラバーバンド・マンだぞ。」地球《ちきゅう》で1976年《ねん》にヒットしたスピナーズの『ラバーバンド・マン』を船内《せんない》で気持《きも》ちよさそうに歌《うた》うこの男《おとこ》は……ガーディアンズ・オブ・ギャラクシーのリーダー、ピーター・クイルだ！

「ドラックス、歌《うた》えよ。」ピーターはメンバーのひとりに呼《よ》びかけるが、上半身裸《じょうはんしんはだか》の大男《おおおとこ》は前方《ぜんぽう》の席《せき》でぐっすり眠《ねむ》りこんでいる。

「なんでおれたちまたやらなきゃいけないんだ？」同《おな》じくメンバーのひとりでアライグマそっくりのロケットがぼやく。

「救難信号《きゅうなんしんごう》よ、ロケット。」前《まえ》の席《せき》に座《すわ》るガモーラが答《こた》える。彼女《かのじょ》はあのサノスの義《ぎ》

理《り》の娘《むすめ》だ。「誰《だれ》かが死《し》にそうなの。」

「わかってるって。」ロケットが再《ふたた》び尋《たず》ねる。「でも、なんでおれたちなんだよ。」

「親切《しんせつ》ってもんだろ？」ピーターがアライグマ型《がた》サイバネティック・クリーチャーを見《み》て言《い》う。「それに『ご苦労様《くろうさま》でした。』って、おいしいものがもらえるかもよ。」

「そういう問題《もんだい》じゃない。」ガモーラが注意《ちゅうい》する。

「そういう問題《もんだい》じゃないってさ。」ピーターは言葉《ことば》を変《か》えて言《い》う。「まあ、もしお駄賃《だちん》がもらえなければ……。」

「船《ふね》をいただく。」突然《とつぜん》ドラックスが目《め》を覚《さ》ました。

「そういうことだな！」ロケットも目《め》を輝《かがや》かせて言《い》った。

「ビ、ビ、ビ、ビンゴ！」武器《ぶき》と機械《きかい》に強《つよ》い相棒《あいぼう》がようやく乗《の》り気《き》になったようで、ピーターもうれしそうだ。

「よっしゃー！」

　ロケットのその言葉《ことば》を聞《き》いて、ガモーラはそれは違《ちが》うんじゃないのと言《い》いたげに右《みぎ》後方《こうほう》のピーターを見上《みあ》げるが、ガーディアンズのリーダーは、まあこいつらはそうでも言《い》わないとやる気《き》にならないからとばかりに彼女《かのじょ》を見《み》て首《くび》を振《ふ》った。

ガモーラはまあしょうがないかという顔《かお》で前方《ぜんぽう》を見《み》た。

「もうすぐ着《つ》く。」そこでマンティスが口《くち》を挟《はさ》んだ。頭《あたま》に2本《ほん》の触角《しょっかく》を持《も》つこの娘《むすめ》はエゴの惑星《わくせい》にいたが、銀河制覇《ぎんがせいは》をもくろんだエゴをガーディアンズが倒《たお》したあと、チームに迎《むか》えられたのだ。

「オーケー、ガーディアンズ。危険《きけん》な任務《にんむ》だから、マジなツラでいこうぜ。」ピーターがみんなに呼《よ》びかけるが、何《なに》やら妙《みょう》な音《おと》が聞《き》こえる。

ピュ、ピュ、ピュ、ピュ。

グルートが、地球《ちきゅう》で1981年《ねん》に発売《はつばい》されたゲーム「ディフェンダー」のコンパクト版《ばん》に熱心《ねっしん》に興《きょう》じている。この樹木型《じゅもくがた》ヒューマノイドは、彼《かれ》らがエゴと死闘《しとう》を繰《く》り広《ひろ》げた頃《ころ》は小枝《こえだ》くらいであったはずだが、いつのまにか背《せ》の高《たか》さは隣《となり》の席《せき》のマンティスと同《おな》じくらいになったようだ。

「グルート、そんなもの置《お》いておけ！」ピーターがグルートに注意《ちゅうい》する。「何度《なんど》も言《い》わせんな、グルート。」

「おれは《アイ・アム》グルート。」その言《い》い方《かた》はまるで反抗期《はんこうき》の少年《しょうねん》のようだ。

「なんだと！」ピーターが声《こえ》を荒《あら》らげる。

「ちょっと。」ガモーラが止《と》めようとするが、グルートの育《そだ》ての親《おや》の役目《やくめ》をはたしているピーターは怒《いか》りが収《おさ》まらない。

「よくもそんな口《くち》がきけたな。」

「おまえな、樹液《じゅえき》が出《で》るようになってから生意気《なまいき》だぞ。」ロケットもそう言《い》ってこの大《おお》きくなった相棒《あいぼう》に注意《ちゅうい》する。

ピロロロ。だが、グルートはゲームをやめない。

「やめろ！　じゃないとそいつを粉々《こなごな》にぶっこわすぞ。」アライグマ型《がた》クリーチャーもブチ切《き》れた。

ヒューン、バーン！

そのとき、ガーディアンズを乗《の》せた新《しん》ミラノ号《ごう》の前《まえ》に何《なに》かが現《あらわ》れた。宇宙《うちゅう》に火《ひ》の手《て》があがり、そして人間《にんげん》のような死体《したい》が何体《なんたい》も飛《と》んでいく。おそろしい光景《こうけい》だ。

「何《なに》があったの？」マンティスがおそろしそうにつぶやく。

「ひってえな。」ピーターもそうつぶやくが、ガモーラとドラックスはあまりの光景《こうけい》に声《こえ》も出《で》ないようだ。

「カネはもらえそうにないな。」とロケットが強《つよ》がっていたところで、何《なに》かがバンと彼《かれ》らの宇宙船《うちゅうせん》のフロントガラスに向《む》かって飛《と》んできた。

「ワイパーだ、ワイパーを動《うご》かせ！」サイバネティック・アニマルがそれを見《み》て大声《おおごえ》を上《あ》げる。「そいつをはがせ！」

だが、それは人間《にんげん》のようで、ガッと目《め》を開《ひら》いた。

「うわあ！」

……ソーだ！　ガーディアンズはサノスたちの攻撃《こうげき》を受《う》けたステイツマンの救援《きゅうえん》に向《む》かっていたのだ。

ガン！　ガーディアンズは突然飛《とつぜんと》んできたこの男《おとこ》を新《しん》ミラノ号《ごう》の中《なか》に入《い》れた。

「なんでこのボケ、まだ生《い》きてるんだ？」ベッドに寝《ね》かせたソーの顔《かお》を見《み》て、ピーターが言《い》う。

「いや、ボケじゃない。」ドラックスは救《すく》い出《だ》したアスガルドの王《おう》を指《ゆび》さして言《い》った。彼《かれ》は相変《あいか》わらずいきなり訳《わけ》のわからないことを言《い》う。「ボケはおまえだ。こいつはちゃんとした男《おとこ》だ。筋骨隆々《きんこつりゅうりゅう》で、男《おとこ》らしい。」

「おれだってそうだ。」

「どこがだ、クイル。」ロケットが突《つ》っこみを入《い》れる。「おまえ、あとサンドイッチ1個《こ》食《く》えば立派《りっぱ》なデブだぞ。」

「はい、はい。」

「確《たし》かに。おまえ太《ふと》ったな。」ロケットの一言《ひとこと》を軽《かる》く聞《き》き流《なが》そうとしたピーターに、ドラックスが追《お》い打《う》ちをかける。

ドラックスは自分《じぶん》の首《くび》のあたりを指《さ》して、ピーターの首《くび》のたるみを指摘《してき》した。

「ガモーラ、おれ、そんなに……?」ピーターはあわててガモーラに尋《たず》ねるが、彼女《かのじょ》はそんなことより突然《とつぜん》の訪問者《ほうもんしゃ》の確認《かくにん》に興味《きょうみ》があるようだ。

「この人《ひと》不安《ふあん》を感《かん》じている。怒《いか》りも。」マンティスがソーの額《ひたい》に手《て》をあてて言《い》う。彼女《かのじょ》の頭《あたま》の2本《ほん》の触角《しょっかく》はアスガルドの王《おう》に向《む》いて光《ひかり》を発《はっ》している。「失《うしな》った悲《かな》しみと罪悪感《ざいあくかん》もたくさん。」

「海賊《かいぞく》と天使《てんし》の子供《こども》のようだ。」ドラックスはいい意味《いみ》で言《い》っているのだろう。

「ああ！　おれもそこまで言《い》われちゃ。」ピーターは太《ふと》ったと言《い》われ、相当《そうとう》なショックを受《う》けたようだ。「よし、肉体改造《にくたいかいぞう》するか。本気《ほんき》でやるぞ。ダンベルあったかな？」

「ダンベルは食《く》えねえぞ。」ロケットが突《つ》っこむ。

「この筋肉《きんにく》、コタキ族《ぞく》のメタルファイバーみたい。」ガモーラはソーのたくましい左《ひだり》腕《うで》を取《と》って撫《な》でながらつぶやいた。

「筋肉《きんにく》を撫《な》で撫《な》でするのはやめろよ。」ピーターはガモーラに向《む》かって言《い》った。焼《や》きもちを焼《や》いているのだ。そしてマンティスに命《めい》じる。「起《お》こせ。」

「起《お》きて。」マンティスは再《ふたた》び2本《ほん》の触角《しょっかく》を光《ひか》らせてソーの額《ひたい》に手《て》を当《あ》てた。彼女《かのじょ》は人《ひと》の心《こころ》を読《よ》んだり、操《あやつ》ったりすることができるのだ。

「わあ！」ソーが、がばっと起《お》き上《あ》がった。

「うおお！」ガーディアンズは驚《おどろ》く。

「わあ！」アスガルドの王《おう》はベッドから飛《と》びおり、声《こえ》を上《あ》げてガーディアンズから離《はな》れていく。

そしてようやく落《お》ち着《つ》くと、彼《かれ》らを見《み》て尋《たず》ねた。「おまえたち、誰《だれ》だ？」

☆

「サノスがやろうとしたことはたったひとつ。」ガモーラが言《い》う。「人口《じんこう》を半分《はんぶん》に減《へ》らして宇宙《うちゅう》の均衡《きんこう》を保《たも》つこと。次々《つぎつぎ》に星《ほし》を襲《おそ》い、虐殺《ぎゃくさつ》を繰《く》り返《かえ》した。」

「おれの星《ほし》もそうなった。」ドラックスが付《つ》け加《くわ》える。

「あいつが6つのストーンを全部《ぜんぶ》手《て》に入《い》れたら、こんなふうに指《ゆび》を鳴《な》らすだけでそれができる。」ガモーラは歩《ある》きながら左手《ひだりて》で指《ゆび》を鳴《な》らしてそう言《い》った。

「ずいぶんとサノスに詳《くわ》しいんだな。」ソーはガーディアンズに出《だ》してもらったスープを飲《の》んでいたが、そこで口《くち》を開《ひら》いた。

「ガモーラは……。」ドラックスがためらいつつ、代《か》わりに答《こた》える。「……サノスの娘《むすめ》だ。」

「やつはおれの弟《おとうと》を殺《ころ》した。」ソーはそう言《い》って立《た》ちあがった。

「まじか？」ピーターとロケットが声《こえ》をあわせて言《い》う。

アスガルドの王《おう》はガモーラに向《む》かって歩《ある》いてくる。

「義理《ぎり》の父《ちち》だ。」ピーターがそう言《い》って止《と》めようとする。「それに、ガモーラもおまえと同《おな》じようにやつを憎《にく》んでいる。」

ドラックスがガモーラを背《せ》にして、ソーの前《まえ》に立《た》ちはだかった。

「家族《かぞく》はやっかいだな。」アスガルドの王《おう》はそう言《い》うと、ドラックスを避《よ》けガモーラの肩《かた》をパンと叩《たた》いた。「父《ちち》が死《し》に際《ぎわ》に言《い》った。実《じつ》はおまえには姉《あね》がいて、自分《じぶん》が幽閉《ゆうへい》したと。その姉《あね》が戻《もど》ってきて、おれの目《め》を刺《さ》した。だからおれは姉《あね》を殺《ころ》した。人生《じんせい》そんなもんだ。ほかの道《みち》はなかった。」ソーは姉《あね》ヘラに右目《みぎめ》をつぶされ、アイパッチをあてている。

「気持《きも》ちはわかるよ。」ピーターがソーとガモーラの間《あいだ》に入《はい》って言《い》った。「張《は》り合《あ》うわけじゃないが、おれも地獄《じごく》を見《み》てる。親父《おやじ》がおふくろを殺《ころ》したから、おれは親父《おやじ》を殺《ころ》した。つらかったよ、たぶん姉《あね》を殺《ころ》すよりずっとつらい。それに、おれは両目《りょうめ》でそれを見《み》たんだ。」

「ハンマーはあるか？　スプーンじゃなく。」ソーはピーターの話《はなし》を聞《き》いていたのかいなかったのか、再《ふたた》びスープを一口《ひとくち》スプーンで飲《の》んでから、そう尋《たず》ねた。そして船《ふね》のデジタル操作盤《そうさばん》をいじくり始《はじ》めた。「おい、これどうやって開《あ》けるんだ？　ここに4桁《けた》の暗証番号《あんしょうばんごう》でも入《い》れるのか？　誕生日《たんじょうび》か何《なに》かの数字《すうじ》を？」

「あー、何《なに》やってんだ？」ロケットがいらだったように言《い》った。

「ポッドをいただくぞ。」ソーは答《こた》えた。新《しん》ミラノ号《ごう》のダイス・ポッドでどこかに行《い》こうというつもりか？

「ん、ん！　冗談《じょうだん》じゃないぞ！」ピーターが突然《とつぜん》低《ひく》い声《こえ》で言《い》う。「われわれのポッドは渡《わた》さない！　わかったか。」

「あー、クイル。」そんなピーターにロケットが突《つ》っこむ。「おまえ、なに声《こえ》を低《ひく》くしてんだ？」

「してない。」

「してるだろ。」ドラックスも賛同《さんどう》する。「そのマッチョの真似《まね》か？　変《へん》だ。」

「してないって。」

「あ、今《いま》また真似《まね》した。」ピーターは否定《ひてい》するが、マンティスも指摘《してき》する。

「これが普通《ふつう》の声《こえ》だ。」ガーディアンズのリーダーは言《い》い張《は》る。

「おれの真似《まね》か？」ソーはピーターの前《まえ》に立《た》ちはだかった。

「真似《まね》はそっちだろ。」ピーターはソーをにらみ返《かえ》す。

「やめろ、また真似《まね》したな。」ソーも片目《かため》で相手《あいて》をにらみつける。

「こいつおれの真似《まね》してやがる。」ピーターは仲間《なかま》を見回《みまわ》しながら言《い》う。

「おい、いい加減《かげん》にしろ。」ソーも切《き》れそうになる。

「もうやめて。」ガモーラが止《と》めに入《はい》った。「サノスを止《と》めなきゃいけないのよ。」美《うつく》しき暗殺者《あんさつしゃ》は常《つね》に冷静《れいせい》だ。「あいつが次《つぎ》にどこに行《い》くか突《つ》き止《と》めないと。」

「ノーウェアだ。」アスガルドの王《おう》は歩《ある》きながら答《こた》えた。

「あいつはどこかに行《い》くに決《き》まってる。」マンティスはソーが「サノスはどこにも行《い》かない（ノーウェア）。」と言《い》ったと思《おも》ったようだ。

「ノーウェア？　ノーウェアっていう惑星《わくせい》だろ？」ピーターが言《い》う。「行《い》ったことあるけど、ひでえところだ。」

そうだ、ピーター、ガモーラ、ドラックス、ロケット、そして当時《とうじ》は巨大《きょだい》な老木《ろうぼく》だったグルートはその星《ほし》に行《い》き、ピーターが惑星《わくせい》モラグで手《て》に入《い》れたオーブをその星《ほし》で商《しょう》売《ばい》を営《いとな》むコレクターに売《う》ろうとしたことがあるのだ。

「おい、それおれたちの食糧《しょくりょう》だぞ。」冷蔵庫《れいぞうこ》を勝手《かって》に開《あ》けて食《た》べ物《もの》を探《さが》すソーに、新《しん》ミラノ号《ごう》の船長《せんちょう》のはずのピーターが言《い》った。

「もう違《ちが》う。」ソーは平然《へいぜん》としている。

「どうしてノーウェアだと思《おも》うの？」ガモーラが彼《かれ》に尋《たず》ねた。

「ここ何年《なんねん》か、コレクターという男《おとこ》がそこでリアリティ・ストーンを安全《あんぜん》に保管《ほかん》しているからだ。」

「そいつがあのコレクターだとしたら。」コレクターを知《し》るピーターが言《い》う。「安全《あんぜん》なはずはない。あいつにストーンを預《あず》けるなんて大《おお》バカだ。」

「天才《てんさい》かもな。」ソーが口《くち》を挟《はさ》む。

「でも、ほかのストーンを取《と》りに行《い》くかもしれないじゃない。」サノスの娘《むすめ》ガモーラが再《ふたた》び尋《たず》ねた。

「ストーンは全部《ぜんぶ》で6個《こ》だ。」ソーは答《こた》えて、彼女《かのじょ》の前《まえ》に行《い》く。「サノスはすでにパワー・ストーンを奪《うば》った。つい先週《せんしゅう》のことだ。ザンダー星《せい》を滅《ほろ》ぼしてな。」

それを聞《き》いて、ピーターもドラックスも驚《おどろ》く。そうだ、彼《かれ》らがクリー帝国《ていこく》の狂信者《きょうしんしゃ》であったロナンからそのパワー・ストーンを守《まも》り、ザンダー星《せい》に預《あず》けたのだ。

「サノスはおれからもスペース・ストーンを奪《うば》った。おれの船《ふね》を襲《おそ》い、アスガルド人《じん》を虐殺《ぎゃくさつ》したうえでな。」ソーは続《つづ》ける。「タイム・ストーンとマインド・ストーンはアベンジャーズが守《まも》ってる。」

「アベンジャーズ？」ピーターが尋《たず》ねた。

「地球《ちきゅう》の最強《さいきょう》のヒーローたちだ。」

「ケヴィン・ベーコンとか？」マンティスがなぜかそこでその名前《なまえ》を出《だ》す。

「そいつもメンバーかもな。おれは知《し》らんが。」アスガルドの王《おう》は言《い》う。「ソウル・ストーンは誰《だれ》も見《み》たことがない。どこにあるかもわからない。」

ここでガモーラが複雑《ふくざつ》な表情《ひょうじょう》を浮《う》かべた。彼女《かのじょ》は何《なに》か知《し》っているのか？

「つまり、サノスもその石《いし》は奪《うば》いようがない。」ソーが続《つづ》ける。「だから、ノーウェアに行《い》ってリアリティ・ストーンを狙《ねら》うってわけだ。そういうことだ。」

「急《いそ》いでノーウェアに行《い》きましょう。」ガモーラは思《おも》うところがあるのか、ピーターたちを一度《いちど》見《み》つめてそう言《い》った。

「いや、違《ちが》う。ニダベリアに行《い》くべきだ。」だが、そこでソーが違《ちが》う名前《なまえ》を出《だ》した。

「それは星《ほし》の名前《なまえ》か？」ドラックスが尋《たず》ねる。

「そういう名前《なまえ》だ。」ソーは答《こた》える。

「その星《ほし》、ほんとにあるのか？」ロケットが立《た》ちあがって口《くち》を挟《はさ》んだ。

「ああ。」

「まじかよ。」ロケットは興奮《こうふん》した様子《ようす》で言《い》う。「伝説《でんせつ》の星《ほし》だろ？　この宇宙《うちゅう》をメッタメタに壊《こわ》せる、ふっふっふ、最強《さいきょう》の武器《ぶき》を作《つく》ってんだよな。行《い》けるものならぜひ行《い》ってみたい。」

「このウサギの言《い》う通《とお》りだ。」ソーはうれしそうにロケットを見《み》る。「こいつ、おまえらの中《なか》じゃいちばん賢《かしこ》いな。」

「ウサギ？」ロケットはそう言《い》われて驚《おどろ》いた。

「ドワーフのエイトリだけがおれに必要《ひつよう》な武器《ぶき》を作《つく》れる。」アスガルドの王《おう》はそう言《い》うと、ロケットに尋《たず》ねた。「あんたが船長《せんちょう》か？」

「おまえ鋭《するど》いな。」

「リーダーの風格《ふうかく》がある。」ソーはサイバネティック・アニマルに尋《たず》ねた。「おれと一緒《いっしょ》に行《い》ってくれるか？」

「船長《せんちょう》に聞《き》いてみないと……。」ロケットは少《すこ》し考《かんが》えて言《い》った。「待《ま》てよ、船長《せんちょう》はおれじゃん！　よし、行《い》こう。」

「すばらしい。」ソーは笑《え》みを浮《う》かべて言《い》った。

「あの……。」ピーター・クイルが口《くち》を挟《はさ》む。「船長《せんちょう》はおれだけどね。」

「だまれ。」ソーは聞《き》き入《い》れない。

「そのバッグもおれのだ。」ピーターはアスガルドの王《おう》にすっかり仕切《しき》られ、バッグまで取《と》られてしまった。

「ほれ、乗《の》れ。」ロケットもすっかり乗《の》り気《き》だ。

「これ、おれの船《ふね》だ。」ピーターは妙《みょう》に気《き》があってしまったふたりに向《む》かって言《い》った。「おれはそんなところに行《い》かないぞ。大体武器《だいたいぶき》を作《つく》るって、どんな武器《ぶき》だよ。」

「サノスを殺《ころ》す武器《ぶき》だ。」片目《かため》のアスガルドの王《おう》ははっきりと言《い》った。

「おれたちもそういう武器《ぶき》を持《も》つべきか？」ピーターが尋《たず》ねた。

「いや。」ソーはポッドの前《まえ》で答《こた》える。「おまえらの力《ちから》では使《つか》いこなせない。体《からだ》が砕《くだ》け、心《こころ》は錯乱《さくらん》する。」

「そう言《い》われると、持《も》ちたくなるかな？」ロケットが口《くち》を挟《はさ》む。

「そうかもな。」

「ノーウェアに行《い》かないと。」ガモーラが冷静《れいせい》に反対《はんたい》する。「サノスがまたひとつストーンを手《て》に入《い》れて、止《と》められなくなるわ。」

「もう止《と》められなくなっている。」ソーは答《こた》える。

「こうすりゃいいんじゃねえか。」ロケットが提案《ていあん》する。「船《ふね》は2隻《せき》ある。それででかいほうにはアホがいっぱいいる。おれとグルートはこの海賊天使《かいぞくてんし》と行《い》く。アホどもはノーウェアに行《い》ってサノスを止《と》める。どう、決《き》まり？」

「決《き》まりだ。」ソーはうれしそうに答《こた》え、ポッドに乗《の》りこんだ。

「わかってるぞ。」ピーターがロケットに向《む》かって言《い》った。「そっちに行《い》きたいのはサノスがいないからだろ？」

「おまえな、船長《せんちょう》に対《たい》する口《くち》のきき方《かた》ってものを知《し》らないのか？」ロケットは船長《せんちょう》は自分《じぶん》だとばかりに胸《むね》を指《さ》して言《い》うと、グルートに呼《よ》びかけた。「ほら、グルート。ゲームばかりやってると、頭《あたま》が腐《くさ》るぞ。」

樹木型《じゅもくがた》ヒューマノイドはゲームをしながらロケットたちに加《くわ》わった。

「では、幸運《こううん》を祈《いの》るぞ、アホども。」ソーはロケットとグルートとともにポッドに乗《の》りこみ、残《のこ》りのガーディアンズに声《こえ》をかけた。「さらばだ。」

ピーターは複雑《ふくざつ》な表情《ひょうじょう》を浮《う》かべ、ガモーラは目《め》をそらすが、マンティスは手《て》を振《ふ》ってこたえる。

3人《にん》を乗《の》せたポッドがニダベリアに向《む》かって飛《と》んでいった。

4　アベンジャーズ再集結《さいしゅうけつ》

「ああ……。」

「どうしたの？」ワンダ・マキシモフが背《せ》の高《たか》い男性《だんせい》に話《はな》しかける。「またストーンのせい？」

「わたしに話《はな》しかけている。」男性《だんせい》は額《ひたい》に手《て》をあてて答《こた》える。

「何《なん》て言《い》ってる？」ワンダはそう言《い》って男性《だんせい》に近《ちか》づく。ふたりはどこか静《しず》かなホテルの一室《いっしつ》にいるようだ。

「いや、わからない。でも、何《なに》か……。」

シュン……。男性《だんせい》はそう答《こた》えるが、その額《ひたい》に黄色《きいろ》い石《いし》が浮《う》かび上《あ》がる。

この男性《だんせい》は……ヴィジョンだ！　彼《かれ》は人造生命体《じんぞうせいめいたい》であるが、その顔《かお》はかつての赤《あか》い機械《きかい》のものではなく、普通《ふつう》の地球人《ちきゅうじん》の男性《だんせい》のようであり、普通《ふつう》の人間《にんげん》が着《き》るような服《ふく》装《そう》をしている。

「ヴィジョン？」赤髪《あかがみ》の若《わか》い女性《じょせい》ワンダは彼《かれ》と向《む》きあい、両手《りょうて》を相手《あいて》の頰《ほお》にあてる。「何《なに》を感《かん》じる？」ヴィジョンはそう言《い》うと彼女《かのじょ》の左手《ひだりて》を自分《じぶん》の口《くち》にあて、そのまま黄《き》色《いろ》いマインド・ストーンが輝《かがや》く額《ひたい》に持《も》っていく。

「あなたを感《かん》じるだけよ。」ワンダはマインド・ストーンから手《て》を離《はな》し、少《すこ》し考《かんが》えながら話《はな》した。彼女《かのじょ》はマインド・ストーンを利用《りよう》したヒドラの人体実験《じんたいじっけん》でテレキネシスやマインドコントロールの能力《のうりょく》を得《え》た強化人間《きょうかにんげん》、スカーレット・ウィッチだ。

ふたりはたがいの頰《ほお》に手《て》をあて、口《くち》づけを交《か》わす。

☆

「明日《あす》、朝《あさ》10時《じ》のグラスゴー行《い》きに乗《の》って。それまではふたりきりよ。」ワンダはヴィジョンにそう言《い》った。ふたりは寒《さむ》い夜《よる》のスコットランドの通《とお》りを手《て》をつないで歩《ある》いている。

「列車《れっしゃ》に乗《の》り遅《おく》れたら？」

「11時《じ》のがある。」

「それも乗《の》り遅《おく》れたら？」ヴィジョンはワンダの顔《かお》をまっすぐに見《み》つめてさらに尋《たず》ね

る。「わたしが戻《もど》るのをやめてしまったら？」

「スタークに約束《やくそく》したでしょう。」ワンダはそれはいけないとヴィジョンを見上《みあ》げて言《い》う。ニットキャップをかぶった彼女《かのじょ》はとてもかわいらしい。

「あなたとの約束《やくそく》のほうが大事《だいじ》です。」

「わたしを待《ま》ってる人《ひと》もいる。」若《わか》いワンダはヴィジョンに言《い》い聞《き》かせる。「ふたりとも誓《ちか》いを立《た》てたでしょう？」

「おたがいにじゃない。」ヴィジョンは人間《にんげん》と同《おな》じ感情《かんじょう》を持《も》ちつつあるのか、ワンダを抱《だ》き寄《よ》せ、彼女《かのじょ》に自分《じぶん》の思《おも》いの丈《たけ》を告《つ》げる。「ワンダ、この2年《ねん》、わたしたちは人《ひと》目《め》を忍《しの》んで一緒《いっしょ》に過《す》ごしてきました。こう思《おも》ってるのはわたしだけかもしれませんが、その、わたしたちはうまくいっていたのではないかと……。」

「いっていたわ。」ワンダはそれをさえぎり笑《え》みを浮《う》かべた。

「ほんとに？」

「もちろん。」

「ずっと一緒《いっしょ》にいてください。」ヴィジョンはワンダの額《ひたい》を見《み》つめた。

だが、彼女《かのじょ》は表情《ひょうじょう》を硬《かた》くしてヴィジョンから離《はな》れた。

「ごめんなさい。急《いそ》ぎすぎてしまったなら……。」ワンダの背中《せなか》に向《む》けて、ヴィジョンは言《い》った。

ワンダは近《ちか》くの店《みせ》のショウウィンドウに置《お》かれたテレビに引《ひ》き寄《よ》せられた。そこにあのエボニー・マウとカル・オブシディアンが地球《ちきゅう》に降《お》りてきた映像《えいぞう》が映《うつ》し出《だ》され、続《つづ》いてトニー・スタークが行方不明《ゆくえふめい》であるというニュースがアナウンサーによって告《つ》げられている。

「ああ、こいつらは何《なに》？」ワンダは口《くち》に手《て》をあてて驚《おどろ》いてテレビを見《み》つめた。

「ストーンはこれを知《し》らせようと。」ヴィジョンは彼女《かのじょ》の手《て》にキスをした。「行《い》かなければ。」

「待《ま》って、ヴィジョン。」ワンダは彼《かれ》を心配《しんぱい》している。「もしこれがほんとうなら、あなたが行《い》くのはあまりにも危険《きけん》すぎる。」

「わたしは……。ウウ！」

グサッ！　ヴィジョンの胸《むね》から剣《けん》が突《つ》き出《で》た。何者《なにもの》かが彼《かれ》を背後《はいご》から突《つ》き刺《さ》したのだ。

「ヴィジョン！」再《ふたた》び口《くち》に手《て》をあてて驚《おどろ》くワンダ。

「ウガワアアアア！」ヴィジョンは左胸《ひだりむね》の心臓《しんぞう》のあたりに剣《けん》を突《つ》き刺《さ》されて苦《くる》しそうな声《こえ》を上《あ》げ、その姿《すがた》もかつての人造生命体《じんぞうせいめいたい》のものへと変《か》わっていく。

ガン！　不気味《ぶきみ》な表情《ひょうじょう》の襲撃者《しゅうげきしゃ》はヴィジョンの腰《こし》のあたりを蹴飛《けと》ばして通《とお》りに放《ほう》り出《だ》した。おそろしい槍斧《そうふ》を振《ふ》りまわすこの狡猾《こうかつ》な敵《てき》は、コーヴァス・グレイヴ、サノスの右腕的存在《みぎうでてきそんざい》だ。

テレキネシスを使《つか》いこなすスカーレット・ウィッチのワンダは、両手《りょうて》に赤《あか》い炎《ほのお》を呼《よ》び出《だ》して応戦《おうせん》しようとするが、また別《べつ》の敵《てき》に背後《はいご》からレーザーで襲《おそ》われ、近《ちか》くの建物《たてもの》に飛《と》ばされてしまう。

切《き》っ先鋭《さきするど》い槍《やり》を自在《じざい》に操《あやつ》るこの戦士《せんし》はプロキシマ・ミッドナイト。女性《じょせい》だが、サノス軍団《ぐんだん》の最強《さいきょう》の戦士《せんし》だ。

宇宙《うちゅう》からの凶暴《きょうぼう》な襲撃者《しゅうげきしゃ》ふたりはヴィジョンを足《あし》で押《お》さえつけ、コーヴァス・グレイヴが槍斧《そうふ》の先《さき》で額《ひたい》に埋《う》めこまれたマインド・ストーンを抜《ぬ》き取《と》ろうとした。

スカーレット・ウィッチはすぐに立《た》ちあがり、炎《ほのお》を飛《と》ばして宇宙《うちゅう》からの襲撃者《しゅうげきしゃ》ふたりを吹《ふ》っ飛《と》ばした。そして両手《りょうて》に浮《う》かべたその炎《ほのお》を使《つか》って安全《あんぜん》な場所《ばしょ》に移動《いどう》し、着地《ちゃくち》するとヴィジョンを引《ひ》き寄《よ》せた。

「あの刃物《はもの》で……。」ヴィジョンはスカーレットに抱《だ》き起《お》こされながら言《い》った。「体《からだ》の密度《みつど》をコントロールできなかった。」

「そんなことできるの？」アベンジャーズの女戦士《おんなせんし》はテレキネシスでヴィジョンの傷《きず》を治療《ちりょう》しながら尋《たず》ねた。

「できないかも……。システムに問題《もんだい》があるかもしれない。」ヴィジョンが答《こた》えた。

「はあ、はあ……ベッドから出《で》なければよかったと後悔《こうかい》してます。」

それを聞《き》いてスカーレットはほほ笑《え》む。

ガン！　だが敵《てき》はすぐにまた襲《おそ》ってきた。コーヴァス・グレイヴはヴィジョンをどこかに連《つ》れ去《さ》ってしまった。

「ヴィジョン！」スカーレット・ウィッチは仲間《なかま》を心配《しんぱい》するが、自分《じぶん》もプロキシマ・ミッドナイトの厳《きび》しい攻撃《こうげき》を受《う》ける。

「ストーンをよこせ。」グレイヴはヴィジョンを壁《かべ》に押《お》しつけて、おそろしい形相《ぎょうそう》でささやいた。「女《おんな》は助《たす》けてやる。」

だがアベンジャーズが誇《ほこ》る人造生命体《じんぞうせいめいたい》もようやく復活《ふっかつ》した。グレイヴに捕《と》らえられたまま宙《ちゅう》に浮《う》かび上《あ》がり、そのまま近《ちか》くの建物《たてもの》に激突《げきとつ》して落下《らっか》していく。

アベンジャーズの美《うつく》しい女戦士《おんなせんし》も苦戦《くせん》を強《し》いられている。槍《やり》を操《あやつ》るプロキシマ・ミッドナイトに攻《せ》めこまれ、遠《とお》くに蹴《け》り飛《と》ばされる。そして通《とお》りに落下《らっか》したところを斬《き》りかかられるが、どうにかテレキネシスで押《お》さえこむ。

ヴィジョンは本来《ほんらい》の力《ちから》を発揮《はっき》し、相手《あいて》を投《な》げ飛《と》ばし、あのマインド・ストーンからビームを発《はっ》して息《いき》の根《ね》を止《と》めようとする。だが、それは当《あ》たらず町《まち》の建物《たてもの》を切《き》り裂《さ》くだけで、逆《ぎゃく》に相手《あいて》に蹴《け》り飛《と》ばされてしまった。

スカーレット・ウィッチはそれを察知《さっち》し、目《め》の前《まえ》の敵《てき》を近《ちか》くの車《くるま》に向《む》けて投《な》げ飛《と》ばし、先《さき》ほどと同《おな》じように両手《りょうて》の炎《ほのお》を使《つか》って空《そら》を飛《と》んでヴィジョンの元《もと》に駆《か》けつけた。

「ガアアアア！」

「放《はな》しなさい。」マインド・ストーンを抜《ぬ》き取《と》られそうになり、苦《くる》しそうに声《こえ》を上《あ》げるヴィジョンを目《め》にしたスカーレットは、憎《にく》らしいコーヴァス・グレイヴにそう言《い》って、赤《あか》い炎《ほのお》を投《な》げつけて遠《とお》くに吹《ふ》き飛《と》ばした。

女戦士《おんなせんし》はヴィジョンを抱《かか》えて飛《と》び立《た》つが、先《さき》ほどまで彼女《かのじょ》と死闘《しとう》を繰《く》り広《ひろ》げていたミッドナイトに見《み》つけられてビームで撃《う》ち落《お》とされる。

ガシャーン！　ふたりはどこかの建物《たてもの》に屋根《やね》から突《つ》っこんでしまった。

「うう。」

「ヴィジョン、ヴィジョン？」スカーレットは必死《ひっし》に話《はな》しかけた。「大丈夫《だいじょうぶ》？　立《た》てる？　逃《に》げましょう、早《はや》く。急《いそ》いで。」

「どうか、きみだけ逃《に》げて。」ヴィジョンは腰《こし》をおろしたまま、彼女《かのじょ》の頬《ほお》に両手《りょうて》をあてた。

「一緒《いっしょ》にいてくれって言《い》ったじゃない。」スカーレットは……ワンダは……悲《かな》しそうに言《い》った。「わたしも残《のこ》る。」

ガシャン！　敵《てき》は容赦《ようしゃ》なくふたりを追《お》ってきた。おそろしい形相《ぎょうそう》で迫《せま》りくる。

ヒュー──。そこはどうやら地下鉄《ちかてつ》のプラットフォームだったようで、ワンダとヴィジョンの背後《はいご》を電車《でんしゃ》がすごいスピードで駆《か》け抜《ぬ》けていく。プロキシマ・ミッドナイトは何《なに》かに気《き》づいたのか、駆《か》け抜《ぬ》ける電車《でんしゃ》の先《さき》にあるものを見極《みきわ》めようとする。

電車《でんしゃ》が通《とお》り過《す》ぎた。向《む》こうのホームに誰《だれ》かが立《た》っている。強烈《きょうれつ》な存在感《そんざいかん》だ。

宇宙《うちゅう》から来《き》た女戦士《おんなせんし》は、手《て》にしていた槍《やり》をその人物《じんぶつ》に向《む》けて思《おも》い切《き》り投《な》げつける。

だが、その男《おとこ》は槍《やり》を難《なん》なく受《う》けとめた。ミッドナイトは驚《おどろ》く。一体《いったい》こいつは？

暗闇《くらやみ》から男《おとこ》の顔《かお》が浮《う》かび上《あ》がる。

スティーブ・ロジャースだ！

髭《ひげ》を蓄《たくわ》えたその顔《かお》にキャプテン・アメリカのマスクはつけていないが、表情《ひょうじょう》は精悍《せいかん》で体《からだ》の筋肉量《きんにくりょう》もさらに増《ま》したようだ。ワンダとヴィジョンは自分《じぶん》たちのリーダーを頼《たの》もしそうに見《み》つめた。

ヒューン。そしてサノス軍団《ぐんだん》の女戦士《おんなせんし》の背後《はいご》から何者《なにもの》かが飛《と》んできて彼女《かのじょ》を吹《ふ》き飛《と》ばした。

ファルコン、サム・ウィルソンだ！

彼《かれ》は今度《こんど》は空《そら》からコーヴァス・グレイヴを銃撃《じゅうげき》する。そしてその敵《てき》に向《む》かってスティーブがミッドナイトの槍《やり》を投《な》げつけると、いつのまにかもうひとりの女戦士《おんなせんし》がその槍《やり》を取《と》ってこの敵《てき》に斬《き》りかかり、ぐさっと突《つ》き刺《さ》した。

ブラック・ウィドウ、ナターシャ・ロマノフだ！

金髪《きんぱつ》の美《うつく》しいオリジナル・アベンジャーズも駆《か》けつけてくれたのだ。ブラック・ウィドウはグレイヴを倒《たお》し、とどめを刺《さ》そうとするが、先《さき》ほどサムが吹《ふ》き飛《と》ばしたミッドナイトが別《べつ》の武器《ぶき》を手《て》にして大声《おおごえ》を上《あ》げて彼女《かのじょ》に襲《おそ》いかかる。だが、そこにスティーブ・ロジャースが現《あらわ》れ、グレイヴが落《お》とした武器《ぶき》を拾《ひろ》い上《あ》げてミッドナイトの攻撃《こうげき》を受《う》けとめる。ブラック・ウィドウも加勢《かせい》し、敵《てき》の女戦士《おんなせんし》の動《うご》きが止《と》まったところで、サムが上空《じょうくう》から銃撃《じゅうげき》する。ミッドナイトはたまらず吹《ふ》き飛《と》ばされ、倒《たお》れた相棒《あいぼう》の元《もと》に這《は》い寄《よ》る。

「立《た》って！」

「無理《むり》だ。」ミッドナイトに声《こえ》をかけられるが、グレイヴは起《お》き上《あ》がれない。

「殺《ころ》したくないけど。」ブラック・ウィドウが言《い》う。「仕方《しかた》ない。」

「そんなことはさせない。」サノス軍団《ぐんだん》の女戦士《おんなせんし》はおそろしい形相《ぎょうそう》でそう言《い》うと、上《じょう》空《くう》に向《む》かって青《あお》いビームを打《う》ち上《あ》げて、それに包《つつ》まれて相棒《あいぼう》とともに消《き》えていった。

スティーブが手《て》にしていた槍斧《そうふ》をそのビームに放《ほう》り投《な》げるが、落《お》ちてこない。

「立《た》てるか？」サムがワンダとヴィジョンの元《もと》に駆《か》け寄《よ》って声《こえ》をかけ、スティーブもナターシャも加《くわ》わる。

「ありがとう、キャプテン。」ヴィジョンがスティーブを見上《みあ》げて礼《れい》を言《い》った。

「ジェットに乗《の》れ。」彼《かれ》らのリーダーはうなずいた。

☆

「忘《わす》れたの？」５人《にん》を乗《の》せたクインジェットの中《なか》でナターシャが言《い》った。「誓《ちか》ったでしょう。おたがい常《つね》に連絡《れんらく》しあう。無茶《むちゃ》はしないって。」

「ごめんなさい。」ワンダが詫《わ》びる。「時間《じかん》がほしかったの。」

「行《い》き先《さき》は、キャプテン？」

サムに尋《たず》ねられ、スティーブは答《こた》えた。「故郷《ホーム》だ。」

5　リアリティ・ストーン

「ああ、しーっ。大丈夫《だいじょうぶ》よ。大丈夫《だいじょうぶ》だから。」

惑星《わくせい》ゼホベリで幼《おさな》い娘《むすめ》の母《はは》が語《かた》りかける。何者《なにもの》かの襲撃《しゅうげき》を受《う》けて、ふたりは小屋《こや》の中《なか》にじっと閉《と》じこもっている。母《はは》も娘《むすめ》も顔《かお》は緑色《みどりいろ》だ。母《はは》は娘《むすめ》の口《くち》を押《お》さえる。

ガン！「きゃあ！」ついに小屋《こや》の入《い》り口《ぐち》がこじ開《あ》けられた。

「きゃあ！　わああ！」

空《そら》には戦闘機《せんとうき》が飛《と》び交《か》い、地上《ちじょう》では兵士《へいし》たちが見境《みさかい》なく銃撃《じゅうげき》を続《つづ》け、ゼホベリの人々《ひとびと》の命《いのち》が次々《つぎつぎ》に奪《うば》われる。

「ゼホベリの民《たみ》よ。服従《ふくじゅう》か、死《し》か、どっちだ？」襲撃者《しゅうげきしゃ》たちの司令官《しれいかん》が呼《よ》びかける。

「選《えら》べ。少数《しょうすう》のみに許《ゆる》される栄光《えいこう》か？」

「お母《かあ》さん！　お母《かあ》さん！」先《さき》ほど小屋《こや》に隠《かく》れていた緑色《みどりいろ》の顔《かお》の少女《しょうじょ》が母《はは》を探《さが》している。

「どうした、娘《むすめ》？」そう娘《むすめ》に声《こえ》をかけたのは……サノスだ！

「お母《かあ》さんは？」鋼鉄《こうてつ》の鎧《よろい》と兜《かぶと》で身《み》を固《かた》めたサノスに、少女《しょうじょ》は尋《たず》ねる。「お母《かあ》さんはどこ？」

「名前《なまえ》は？」鋼鉄《こうてつ》の巨人《きょじん》は少女《しょうじょ》の前《まえ》に屈《かが》みこんで尋《たず》ねた。

「ガモーラ。」

「勇敢《ゆうかん》だな、ガモーラ。」サノスはそう言《い》うと、少女《しょうじょ》に左手《ひだりて》を差《さ》し出《だ》す。「来《こ》い、助《たす》けてやる。」

幼《おさな》いガモーラはサノスの左手《ひだりて》の人差《ひとさ》し指《ゆび》をつかんだ。サノスは立《た》ちあがり、少女《しょうじょ》を赤《あか》い門《もん》の下《した》の少《すこ》し静《しず》かな場所《ばしょ》に連《つ》れて行《い》った。

「見《み》ろ。」ギュンとナイフの柄《え》の両端《りょうはし》から刃《は》が飛《と》び出《だ》した。「きれいだろう？　完璧《かんぺき》なバランス。」中央《ちゅうおう》には赤《あか》い石《いし》がきらめいている。その部分《ぶぶん》を右手《みぎて》の人差《ひとさ》し指《ゆび》の上《うえ》に載《の》せて、バランスを取《と》る。「すべてはこうあるべきだ。どちらか一方《いっぽう》に傾《かたむ》きすぎると……。」そう言《い》って、それをガモーラに渡《わた》した。「ほら、やってみろ。」

「さあ、安《やす》らかに。創造主《そうぞうしゅ》に会《あ》えるぞ。」殺戮者《さつりくしゃ》がゼホベリの人々《ひとびと》にそう声《こえ》をかけ、銃撃《じゅうげき》が始《はじ》まった。

ダッダッダッダッダ！「うわあ！　きゃあ！」

「ほら、ほら。」断末魔《だんまつま》の叫《さけ》びを耳《みみ》にしてそちらを見《み》ようとするガモーラを制《せい》し、サノスが言《い》う。「集中《しゅうちゅう》しろ。」

ガモーラは小《ちい》さな左手《ひだりて》の人差《ひとさ》し指《ゆび》で両刃《りょうば》のナイフのバランスを取《と》った。

「いいぞ。よくできた。」サノスは娘《むすめ》の頭《あたま》を撫《な》でてそう言《い》った。

ギュン！

ガモーラは新《しん》ミラノ号《ごう》の中《なか》であのナイフを取《と》り出《だ》し、あのときのことを思《おも》い出《だ》していた。

「ガモーラ。」そんな彼女《かのじょ》に相変《あいか》わらず能天気《のうてんき》なピーター・クイルが声《こえ》をかけた。「この手榴弾《しゅりゅうだん》、爆発《ばくはつ》するやつかな。それとも、ガスが出《で》るだけ？　ベルトにぶら下《さ》げとこうと思《おも》うんだけど、爆発《ばくはつ》してアレが吹《ふ》っ飛《と》んじゃったら……。」

「頼《たの》みがあるの。」ガモーラが真剣《しんけん》な表情《ひょうじょう》でピーター に向《む》き合《あ》った。

「いいよ、何《なに》？」

「このまま行《い》けば、いずれサノスとぶつかることになる。」ガモーラが椅子《いす》から立《た》ちあがった。

「だからこうして手榴弾《しゅりゅうだん》を。」ピーターは茶化《ちゃか》そうとするが、彼女《かのじょ》の真剣《しんけん》な表情《ひょうじょう》を見《み》て口《くち》をつぐむ。「ああ、ごめん。何《なに》、頼《たの》みって？」

「もし失敗《しっぱい》して、わたしがサノスに捕《つか》まったら……。」ガモーラは悲痛《ひつう》な表情《ひょうじょう》を浮《う》かべる。「約束《やくそく》してほしいの。」彼女《かのじょ》はピーターを見《み》つめてきっぱり言《い》った。「わたしを殺《ころ》すって。」

「え？」

「わたしはサノスの知《し》らないことを知《し》ってる。」ガモーラはピーターから少《すこ》し離《はな》れる。「それがあいつにばれたら、宇宙全体《うちゅうぜんたい》が危険《きけん》にさらされる。」

「何《なに》を知《し》ってるんだ？」

「言《い》えばあなたも知《し》ってしまう。」

「そんなに大事《だいじ》なことなら、おれも知《し》るべきだろう。」ピーターは真剣《しんけん》な表情《ひょうじょう》で尋《たず》ねた。

「死《し》にたいならね。」

「常《つね》に誰《だれ》か死《し》なないと収《おさ》まらないのか？」

「とにかく……わたしを信《しん》じて。」ガモーラはピーターに向《む》き直《なお》る。「いざというときは殺《ころ》して。」

「なら、殺《ころ》しちゃうよ。とことんね。」

「約束《やくそく》して。」軽口《かるくち》を叩《たた》くピーターの口《くち》をガモーラが右手《みぎて》で押《お》さえる。「あなたのお母《かあ》さんの名《な》にかけて。」

「わかった。」口《くち》からガモーラの手《て》が離《はな》れ、ピーターはまじめな顔《かお》で約束《やくそく》する。

そしてふたりは熱《あつ》い口《くち》づけを交《か》わした。

ん？　何《なん》だか、物音《ものおと》がする。

「おい、いつからそこで見《み》てた？」ピーターはドラックスを見《み》つけて驚《おどろ》いて声《こえ》を上《あ》げた。

「1時間《じかん》ほど。」上半身裸《じょうはんしんはだか》の大男《おおおとこ》は何《なに》かを口《くち》にしている。

「1時間《じかん》？」

「嘘《うそ》でしょう？」ガモーラも驚《おどろ》く。

「技《わざ》を習得《しゅうとく》したんだよ。気配《けはい》を感《かん》じ取《と》られず立《た》ってる技《わざ》を。」ドラックスはまたしても訳《わけ》のわからないことを言《い》う。「透明人間《とうめいにんげん》みたいになれる。見《み》てろよ。」

「おまえ、ナッツ食《く》ってんのか？」

「おれの動《うご》きは……。」ドラックスはスローモーションでナッツを口《くち》に運《はこ》びながら、

「ゆっくりで……気《き》づかれない。」

「そんなことない。」ピーターがあきれて首《くび》を振《ふ》った。

「透明人間《とうめいにんげん》だ。」

「あ、ドラックス♡」通《とお》りかかったマンティスがすぐにドラックスに気《き》づいた。

「くそ！」ドラックスはナッツの袋《ふくろ》を握《にぎ》りしめて去《さ》っていった。

☆

「ずいぶん荒《あ》れてるな。」ピーターが操縦席《そうじゅうせき》でつぶやいた。彼《かれ》とガモーラ、ドラックス、マンティスを乗《の》せた新《しん》ミラノ号《ごう》がノーウェアにたどり着《つ》いた。

「動《うご》く反応《はんのう》がある。」ドラックスが答《こた》える。「第3エリアだ。」

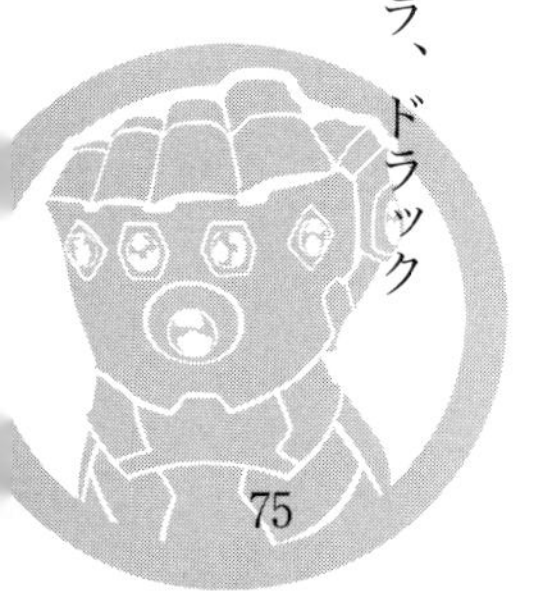

「ああ。こっちでも拾《ひろ》ってる。」新《しん》ミラノ号《ごう》の船長《せんちょう》が言《い》う。「ここで降《お》りてみよう。」

船《ふね》は着陸《ちゃくりく》し、４人《にん》はタラップを下《お》りた。ピーターが先頭《せんとう》に立《た》ち、３人《にん》に指示《しじ》を出《だ》そうとするが、誰《だれ》も従《したが》わず、先《さき》に進《すす》む。

☆

「おまえがリアリティ・ストーンを持《も》っていることはわかっている。」巨大《きょだい》な男《おとこ》がそう言《い》いながら、縛《しば》りつけた銀髪《ぎんぱつ》の男《おとこ》の体《からだ》を踏《ふ》みつけている。「おとなしく渡《わた》せば痛《いた》い思《おも》いをせずにすむぞ。」

「言《い》っただろ？」踏《ふ》みつけられた男《おとこ》は苦《くる》しそうに答《こた》える。「売《う》り払《はら》ったんだ。嘘《うそ》などついてない。」

「おまえにとっては息《いき》をするようなものだろう。」男《おとこ》を踏《ふ》みつけているのは……サノスだ！　そして踏《ふ》みつけられているのは……コレクターだ！

「今《いま》は自殺行為《じさつこうい》だ。」

「よくわかっているな。」サノスは笑《え》みを浮《う》かべてコレクターを見《み》おろす。「おまえがあれほどの宝《たから》を売《う》るとは思《おも》えん。」

「あれが何《なに》か知《し》らなかったんだ。」

「だとしたら、思《おも》った以上《いじょう》のマヌケだな。」

「あいつだ。」ピーターがコレクターに拷問《ごうもん》を加《くわ》えるサノスに目《め》をやりながらつぶやく。

「最後《さいご》のチャンスだ、オカマ野郎《やろう》。ストーンはどこだ？」

「今日《きょう》こそ、妻《つま》と娘《むすめ》の恨《うら》みを晴《は》らしてやる。」ドラックスがこぶしを握《にぎ》りしめた。

「ドラックス、待《ま》て。」ピーターが声《こえ》を潜《ひそ》めた。「おい、ちょっと待《ま》て。」ドラックスが剣《けん》を抜《ぬ》くのを見《み》てあわてて付《つ》け足《た》す。「おい、聞《き》け、聞《き》けってば。」仲間《なかま》の前《まえ》に立《た》ちはだかり、押《お》しとどめた。「やつはまだストーンを手《て》にしてない。おれたちが手《て》に入《い》れれば、やつを止《と》められる。まずはストーンだ。そっちが先《さき》だ。」

「いや、オヴェットとカマリアの敵《かたき》！」

「お眠《ねむ》り。」その頭《あたま》に背後《はいご》からマンティスが手《て》を触《ふ》れて眠《ねむ》らせた。

ガーン！　ドラックスは大《おお》きな音《おと》を立《た》てて倒《たお》れた。

その音《おと》に気《き》づいたサノスが、コレクターをつかみ上《あ》げて脇《わき》に放《ほう》り投《な》げ、おそろしい形相《ぎょうそう》でピーターたちが隠《かく》れているところに向《む》かってきた。

「よし。ガモーラ、マンティス、ふたりは右《みぎ》へ行《い》け。」ピーターが指示《しじ》を出《だ》すが、ガモーラは違《ちが》う方向《ほうこう》に飛《と》び出《だ》した。「右《みぎ》ってそっちじゃない。」

タッタッタ！「おお！」

ガモーラはいきなりサノスに斬《き》りかかった。最初《さいしょ》の剣《けん》は受《う》けとめられてへし折《お》られるが、左手《ひだりて》で繰《く》り出《だ》したもう1本《ぽん》の剣《けん》を相手《あいて》の首元《くびもと》に突《つ》き刺《さ》し、右手《みぎて》であの両刃《りょうば》のナイフを心臓《しんぞう》のあたりに突《つ》き刺《さ》した。

グサ！

「うわあああ！」サノスは苦《くる》しそうな声《こえ》を上《あ》げた。「ううう。なぜだ。」心臓部《しんぞうぶ》に突《つ》き刺《さ》さったナイフと右《みぎ》の首元《くびもと》を押《お》さえながら、巨人《きょじん》は倒《たお》れこむ。「なぜなんだ、娘《むすめ》よ。ああ。」

「ううう。」ガモーラも嗚咽《おえつ》を上《あ》げて座《すわ》りこみ、悲《かな》しそうにサノスを見《み》つめる。

「あっというまだ。」それを見《み》ていたピーターがつぶやいた。ドラックスも目《め》を覚《さ》ました。

パチパチパチパチパチ。コレクターが立《た》ちあがって拍手《はくしゅ》し、声《こえ》を上《あ》げる。「すばらしい！　すばらしい！　すばらしい！」

サノスは動《うご》かない。息《いき》を引《ひ》き取《と》ったか？

ガモーラは座《すわ》りこんで涙《なみだ》を流《なが》した。

「それは悲《かな》しみか、娘《むすめ》よ。」どこからか声《こえ》が聞《き》こえる。「まだわたしへの情《じょう》はあると思《おも》っていた。確信《かくしん》はないがな。」

ヒューン。

横《よこ》たわっていたサノスの体《からだ》は消《き》え、周《まわ》りも赤《あか》い闇《やみ》に包《つつ》まれたかと思《おも》うと炎《ほのお》の上《あ》がる廃墟《はいきょ》が浮《う》かび上《あ》がった。コレクターの姿《すがた》もどこかに消《き》えた。

「現実《げんじつ》とは思《おも》い通《どお》りにはならぬもの。今《いま》まではそうだった。」サノスの声《こえ》がまた聞《き》こえる。「だが今《いま》は意《い》のままの現実《げんじつ》を手《て》に入《い》れられる。」

そう言《い》って、残忍《ざんにん》な大男《おおおとこ》は闇《やみ》の中《なか》からガモーラの前《まえ》に飛《と》び出《だ》してくると、あのガントレットを彼女《かのじょ》に突《つ》き出《だ》した。見《み》ると、薬指《くすりゆび》の下《した》あたりに赤《あか》いストーンが輝《かがや》いている。リアリティ・ストーンだ。

サノスはすでにコレクターからこの石《いし》を手《て》に入《い》れていて、現実《げんじつ》と現実《げんじつ》でない世界《せかい》を

自在《じざい》に操《あやつ》ることができるようになっていたのだ。そしてガモーラたちは先《さき》ほどまで現《げん》実《じつ》でない世界《せかい》を見《み》せられていたのだ。

「わたしが来《く》ると知《し》っていたのね。」

「わかっていたさ。」サノスは答《こた》える。「おまえと話《はな》さなければならないことがある。」

「えい！」ガモーラは近《ちか》くに転《ころ》がっていた剣《けん》をつかもうとするが、サノスは指一本動《ゆびいっぽんうご》かさずそれを制《せい》した。

「サノス！」ドラックスが怒《いか》りの声《こえ》を上《あ》げて斬《き》りかかるが、サノスはリアリティ・ストーンのついたガントレットを向《む》けて彼《かれ》をレンガのようなものに変《か》えてバラバラにしてしまう。

驚《おどろ》いて見《み》ていたマンティスも、同《おな》じストーンの力《ちから》でリボンのようなものに変《か》えてしまう。

「放《はな》せ、しかめっ面野郎《つらやろう》。」ピーターが銃《じゅう》を向《む》けて出《で》てきた。

「ピーター。」

「右《みぎ》へ行《い》けって言《い》ったろ。」捕《と》らえられているガモーラにピーターは言《い》った。

「それ、今言《いまい》う？」

「ガモーラを放《はな》せ！」ガーディアンズのリーダーは最強《さいきょう》の敵《てき》に大声《おおごえ》を上《あ》げた。

「ほお、娘《むすめ》の彼氏《かれし》か？」

「違《ちが》う。タイタン星人嫌《せいじんぎら》いの男《おとこ》で、長年都合《ながねんつごう》のいい関係《かんけい》を築《きず》いてきただけだ。」ピーターは冗談交《じょうだんま》じりに答《こた》えるが、ガモーラを救《すく》おうと必死《ひっし》だ。「彼女《かのじょ》を放《はな》せ。」

「ピーター。」

「放《はな》さないと、そのキンタマの袋《ふくろ》みてえな汚《きた》ねえ顎《あご》を吹《ふ》っ飛《と》ばすぞ！」

「撃《う》つのはこいつじゃない。」ガモーラが悲痛《ひつう》な表情《ひょうじょう》でピーターに語《かた》りかける。「約束《やくそく》したでしょう。」

ピーターはガモーラに銃《じゅう》を向《む》けた。

「娘《むすめ》よ。」ガモーラを捕《と》らえたサノスが言《い》う。「こいつにあまり期待《きたい》するな。」

「殺《ころ》せと頼《たの》まれたか？」今度《こんど》はピーターに言《い》う。「では、やれ。」自分《じぶん》の娘《むすめ》をピーターに向《む》かって押《お》し出《だ》して再《ふたた》び言《い》った。「やれ！」

「右《みぎ》へ行《い》けって言《い》ったのに。」銃《じゅう》のすぐ前《まえ》にいるガモーラにピーターが言《い》った。

「あなたのこと、誰《だれ》よりも愛《あい》してる。」

「おれも愛《あい》してる。」

ふたりは愛《あい》を誓《ちか》いあった。ピーターは覚悟《かくご》を決《き》めて引《ひ》き金《がね》を引《ひ》く。

シュワシュワシュワ……。レーザー銃《じゅう》から出《で》てきたのは銃弾《じゅうだん》ではなくシャボン玉《だま》だった。

「気《き》に入《い》ったぞ。」サノスはそう言《い》い残《のこ》し、ガモーラを連《つ》れて闇《やみ》の中《なか》に消《き》えていった。

ぼう然《ぜん》と立《た》ち尽《つ》くすピーター。その後《うし》ろでドラックスとマンティスも元《もと》の姿《すがた》に戻《もど》って起《お》き上《あ》がった。

あちこちに炎《ほのお》が上《あ》がるノーウェアで、ピーターはガモーラのナイフを拾《ひろ》い上《あ》げた。

6　どの命《いのち》も重《おも》さは同《おな》じだ

クインジェットがアベンジャーズ本部《ほんぶ》の前《まえ》に着陸《ちゃくりく》した。

「ヴィジョンの行方《ゆくえ》は？」

「衛星《えいせい》で追《お》いましたが、エジンバラで消《き》えました。」ジェームズ・〝ローディ〟・ローズ大佐《たいさ》は答《こた》えた。

「クインジェットを盗《ぬす》み、世界一《せかいいち》のお尋《たず》ね者《もの》4人《にん》を連《つ》れてか？」質問《しつもん》の主《ぬし》はサディアス・ロス国務長官《こくむちょうかん》だ。

「彼《かれ》らがお尋《たず》ね者《もの》になったのは、長官《ちょうかん》、あなたが指名手配《しめいてはい》したからでしょう？」

「ああ、ローディ、きみというやつは……。」３Ｄ映像《スリーディーえいぞう》のロス長官《ちょうかん》はほかの職員《しょくいん》に囲《かこ》まれながらそう答《こた》える。「ああ言《い》えばこう言《い》うな、まったく。」

「ソコヴィア協定《きょうてい》さえなければ、ヴィジョンは今《いま》もここにいました。」

「協定《きょうてい》にはきみの署名《しょめい》もあったはずだが。」３Ｄ映像《スリーディーえいぞう》のロス長官《ちょうかん》が立《た》ちあがってロー

ディの近《ちか》くに来《き》て言《い》った。

「確《たし》かに。」ローディは腕《うで》を組《く》み、苦《くる》しそうにそれを認《みと》めた。「その代償《だいしょう》は大《おお》きかったです。」

「後悔《こうかい》しているのか？」

「もうそれはないです。」

ふたりが話《はなし》をしている部屋《へや》に、スティーブ・ロジャース、ナターシャ・ロマノフ、ワンダ・マキシモフ、サム・ウィルソン、そしてヴィジョンが入《はい》ってきた。

「ロス長官《ちょうかん》。」スティーブが声《こえ》をかける。

「大《たい》した度胸《どきょう》だ。」長官《ちょうかん》は彼《かれ》らを見《み》て言《い》った。「ほめてやる。」

「あなたにもその度胸《どきょう》が今《いま》は必要《ひつよう》ね。」ナターシャが代表《だいひょう》して答《こた》える。

「世間《せけん》をあれだけ騒《さわ》がせておいてすべてが許《ゆる》されると思《おも》うか？」

「許《ゆる》しは求《もと》めていない。認《みと》めてもらおうとも思《おも》わない。」スティーブは答《こた》える。「地球《ちきゅう》一《いち》の防御者《ぼうぎょしゃ》が消《き》えた。だから来《き》た。邪魔《じゃま》するというのなら、あなたとも戦《たたか》う。」

「逮捕《たいほ》しろ。」ロス長官《ちょうかん》はローディに命《めい》じた。

「了解《りょうかい》。」ローディはそう答《こた》えると、長官《ちょうかん》の3D《スリーディー》映像《えいぞう》を消《け》した。

「軍法会議《ぐんぽうかいぎ》ものだ。」ローディはそう言《い》うと、スティーブに歩《あゆ》み寄《よ》った。「久《ひさ》しぶり、キャプテン。」

「元気《げんき》か、ローディ。」スティーブはローディと握手《あくしゅ》を交《か》わした。

「やあ。」ローディは抱《だ》きついてきたナターシャを受《う》けとめてほほ笑《え》む。

「それにしても、みんな、ずいぶんくたびれているな。」ローディは5人《にん》を見回《みまわ》して言《い》う。「この2年《ねん》きつかったか？」

2年前《ねんまえ》、アベンジャーズはソコヴィア協定《きょうてい》をめぐり、スティーブ・ロジャースにつく者《もの》たちとトニー・スタークにつく者《もの》たちに分《わ》かれ、ベルリンで戦《たたか》うことになってしまった。トニーの側《がわ》についたローディは、その戦《たたか》いで大《おお》きな傷《きず》を負《お》った。

「ああ、5つ《いつ》星《ぼし》ホテルには泊《と》まれなかったからな。」あのときはローディと激《はげ》しく戦《たたか》ったサムが答《こた》える。

「やあ、みんな変《か》わらないね。」誰《だれ》かの声《こえ》がして、ローディとナターシャが振《ふ》り向《む》く。

「ぼくも戻《もど》ったよ。」ブルース・バナーだ。

「ブルース。」

「やあ。」

ナターシャとブルースがぎこちなく挨拶《あいさつ》を交《か》わす。さらにその前《まえ》、ソコヴィアでウルトロンと戦《たたか》った頃《ころ》、ふたりの間《あいだ》にもいろんなことがあった……。

「気《き》まずい空気《くうき》。」サムがつぶやく。

☆

「また襲《おそ》ってきそうなんだな。」バナーが尋《たず》ねる。

「きっとすぐに見《み》つかってしまう。」ワンダが言《い》う。

「全員出動《ぜんいんしゅつどう》だ。」バナーが提案《ていあん》する。「クリントは？」

「彼《かれ》とスコットはソコヴィア協定《きょうてい》を飲《の》んだの。」ナターシャが言《い》う。「家族《かぞく》のために今《いま》は動《うご》けない。」

「スコットって？」

「アントマンだ。」バナーの質問《しつもん》にスティーブが答《こた》える。

「アリ男《おとこ》もクモ男《おとこ》もいるのか。」バナーは驚《おどろ》くが説明《せつめい》を続《つづ》ける。「とにかく、サノスは宇宙一強大《うちゅういちきょうだい》な軍隊《ぐんたい》を抱《かか》えている。そして……ヴィジョンのストーンを何《なん》としても手《て》に入《い》れるつもりだ。」

「じゃあ、守《まも》らなくちゃ。」ナターシャがきっぱり言《い》う。

「いや、破壊《はかい》すべきです。」ヴィジョンが口《くち》を挟《はさ》む。「わたしの額《ひたい》にあるこれについて長《なが》いこと調《しら》べて、考《かんが》えてきました。その性質《せいしつ》や組成《そせい》についてです。」

人造生命体《じんぞうせいめいたい》であるヴィジョンは自分《じぶん》のストーンについて説明《せつめい》する。「十分《じゅうぶん》なエネルギーを、つまりこのストーンに似《に》たエネルギーをここに照射《しょうしゃ》すれば、おそらく分子《ぶんし》の結合《けつごう》が崩《くず》れ、崩壊《ほうかい》する。」

「あなたも一緒《いっしょ》に崩壊《ほうかい》する。」ワンダは自分《じぶん》の前《まえ》にやってきた彼《かれ》に向《む》かって答《こた》える。

「この話《はなし》はここまでよ。」

「サノスに絶対渡《ぜったいわた》さないのであれば、破壊《はかい》するのがいちばんです。」

「でも、代償《だいしょう》が大《おお》きすぎる。」ワンダはヴィジョンに反論《はんろん》する。

「その代償《だいしょう》を背負《せお》えるのはあなただけだ。」ヴィジョンは両手《りょうて》を彼女《かのじょ》の頬《ほお》にあてて言《い》った。

「サノスは宇宙《うちゅう》の半分《はんぶん》の人々《ひとびと》の命《いのち》を奪《うば》おうとしている。」マインド・ストーンを持《も》つヴィジョンはきっぱり言《い》う。「彼《かれ》を倒《たお》すためなら、ひとりの命《いのち》など取《と》るに足《た》らない。」

「どの命《いのち》も……。」スティーブが口《くち》を開《ひら》く。「重《おも》さは同《おな》じだ、ヴィジョン。」

「キャプテン、あなたははるか昔《むかし》、大勢《おおぜい》の命《いのち》を救《すく》うために自分《じぶん》の命《いのち》を投《な》げ出《だ》した。」

ヴィジョンが尋《たず》ねる。「それとどこが違《ちが》うのです？」

「違《ちが》うさ、選択肢《せんたくし》がある。」バナーが口《くち》を挟《はさ》む。「きみの頭《あたま》はいろいろなものが混《ま》じりあってできている。たとえば、ジャーヴィス、ウルトロン、トニー、ぼく、ストーン。すべてが混《ま》じりあって、おたがいから学《まな》びあっている。」

「ヴィジョン＝《イコール》ストーンじゃないと？」ワンダが尋《たず》ねる。

「もしストーンを取《と》り出《だ》すことができたら。」科学者《かがくしゃ》であるバナーは答《こた》える。「純粋《じゅんすい》なヴィジョンそのものの人格《じんかく》が残《のこ》るだろう。」

「取《と》り出《だ》せるの？」ナターシャが尋《たず》ねる。

「ぼくじゃできないし、ここでは無理《むり》だ。」

「じゃあ、急《いそ》いでそれができる人《ひと》と場所《ばしょ》を探《さが》したほうがいいな。昔《むかし》の設備《せつび》は長官《ちょうかん》の手《て》がまわっているぞ。」

「いいところがある。」サムが言《い》うのを聞《き》いて、スティーブが提案《ていあん》する。

☆

ワカンダ。国王《こくおう》ティ・チャラがオコエを従《したが》えて草原《そうげん》を歩《ある》いている。

「キングズガードとドーラ・ミラージュを待機《たいき》させています。」ワカンダの精鋭部隊《せいえいぶたい》ドーラ・ミラージュのリーダー、オコエがティ・チャラに言《い》った。

「ボーダー族《ぞく》も？」

「ええ、残《のこ》った者《もの》たちは。」

「ジャバリ族《ぞく》にも声《こえ》をかけろ。エムバクは戦《たたか》いが好《す》きだ。」国王《こくおう》は長年《ながねん》の敵《てき》であったがついに和解《わかい》した部族《ぶぞく》のリーダーにも応援《おうえん》を頼《たの》むように命《めい》じた。

「彼《かれ》はどうします？」

「戦争《せんそう》はもううんざりかもしれないが……。」ティ・チャラは答《こた》える。「ホワイトウルフはもう十分休《じゅうぶんやす》んだ。」

バッキー・バーンズの元《もと》に大《おお》きな鉄《てつ》のケースが届《とど》けられた。届《とど》けた者《もの》はそれを開《ひら》いて立《た》ち去《さ》る。そこにはヴィブラニウム製《せい》の腕《うで》が入《はい》っていた。

「敵《てき》はどこだ？」片腕《かたうで》のバッキーはそこに現《あらわ》れたティ・チャラに尋《たず》ねた。

「向《む》かってきている。」

7 今日《きょう》からきみはアベンジャーズだ

地球《ちきゅう》を襲《おそ》った宇宙船《うちゅうせん》の中《なか》に、ドクター・ストレンジがとらわれていた。無数《むすう》の長《なが》いガラス針《ばり》が顔《かお》と体《からだ》に向《む》かって浮《う》かんでいる。

「サノス様《さま》にお仕《つか》えして以来《いらい》、ずっと期待《きたい》を裏切《うらぎ》ったことはない。」エボニー・マウが口《くち》を開《ひら》く。彼《かれ》が手《て》を動《うご》かせば、針《はり》が全部《ぜんぶ》ストレンジに突《つ》き刺《さ》さってしまうだろう。

「タイム・ストーンをタイタンに持《も》ち帰《かえ》ったときに、おまえの頭《あたま》がくっついたままではご機嫌《きげん》を損《そこ》ね、わたしの立場《たちば》もまずくなる。」

針《はり》の1本《ぽん》がストレンジの左頬《ひだりほお》に突《つ》き刺《さ》さった。

「ストーンを渡《わた》すのだ。」マウはそう言《い》ってさらに針《はり》を突《つ》き刺《さ》そうとする。

☆

宇宙船内《うちゅうせんない》にはトニー・スタークもいた。アイアンマン・スーツのマスクを消《け》してたたずむ彼《かれ》の肩《かた》を、ストレンジのあの意志《いし》を持《も》った赤《あか》いマントが叩《たた》く。

「おっと、こいつはまたご主人《しゅじん》に忠実《ちゅうじつ》な衣装《いしょう》だな。」トニーは驚《おどろ》いてマントに言《い》う。

「ここにも忠実《ちゅうじつ》なのがいるよ。」そう言《い》ってアイアン・スパイダーが現《あらわ》れる。

「なんだ、おい。」

「言《い》いたいことはわかってる。」ピーター・パーカーもマスクを消《け》してトニーに答《こた》える。

「帰《かえ》れと言《い》ったろ。」

「帰《かえ》ろうとしたよ。」

「聞《き》きたくない。」

「下《した》まで降《お》りるには距離《きょり》がありすぎたし。」

「まだ言《い》うか。」

「スタークさんのことも心配《しんぱい》だし、で、このスーツも自分《じぶん》の意志《いし》にメッチャ反応《はんのう》しちゃうんだよね。」ピーターはよくしゃべる。「だから、あなたのせいでここにいるっていうか。」

「今何《いまなん》て言《い》った?」

「ああ、取《と》り消《け》します。」少年《しょうねん》はあわてて訂正《ていせい》し、尋《たず》ねる。「で、ここは宇宙《うちゅう》なの？」

「ああ、だから帰《かえ》れと言《い》ったんだ。」トニーは声《こえ》を荒《あら》らげる。「ここは遊園地《ゆうえんち》でも社会《しゃかい》科見学《かけんがく》で来《く》るようなところでもない。おまけに片道切符《かたみちきっぷ》だ。わかるか？　考《かんが》えたふりをするのはよせ。」

「よく考《かんが》えたよ。」ピーターはきっぱり言《い》う。「隣人《りんじん》がいなければ、隣人《りんじん》にやさしいスパイダーマンになれない。親愛《しんあい》なる隣人《りんじん》でいたいんだ」

トニーはそれを聞《き》いて目《め》を見開《みひら》いた。

「変《へん》なこと言《い》ったね。でも、言《い》いたいこと、わかるでしょ？」

「来《こ》い、仕事《しごと》だ。」トニーはうなずき、少年《しょうねん》に言《い》った。

「今《いま》あいつが困《こま》っている。どうする？」下《した》で捕《と》らえられているストレンジを指《ゆび》さした。

「えーと、そうだな。よし。」ピーターはしゃがみこんで聞《き》いていたが、立《た》ちあがってトニーに尋《たず》ねた。「『エイリアン』って古《ふる》い映画《えいが》観《み》たことある？」

☆

「あああ！」両頬《りょうほお》のほか、体《からだ》にも何本《なんぼん》か針《はり》を突《つ》き刺《さ》され、ストレンジは苦《くる》しそうだ。

「ううう！　ああ！」

「どうだ。苦《くる》しかろう？　顕微鏡手術《けんびきょうしゅじゅつ》のために開発《かいはつ》したものだ。その一本一本《いっぽんいっぽん》が……。」マウはそう言《い》いながら、背後《はいご》を振《ふ》り返《かえ》った。「……おまえの仲間《なかま》の命《いのち》を一瞬《いっしゅん》で奪《うば》えるぞ。」ゆっくりと降《お》りてくるアイアンマンに向《む》かって言《い》った。

「そいつは仲間《なかま》じゃない。」アイアンマンは答《こた》える。「プロとして助《たす》けないわけにいかないだけだ。」

「助《たす》けられるものか。」マウは地球《ちきゅう》のヒーローに近《ちか》づきながら、近《ちか》くにあるものを浮遊《ふゆう》させて今《いま》にも投《な》げようとする。「おまえのパワーなどわたしの足元《あしもと》にも及《およ》ばない。」

「ああ。だが、この坊主《ぼうず》はもっといっぱい映画《えいが》を観《み》てるぞ。」アイアンマンはそう言《い》うと敵《てき》の近《ちか》くの壁《かべ》に穴《あな》を開《あ》けた。

ガン！

次《つぎ》の瞬間《しゅんかん》、マウも、そしてストレンジも、ものすごい勢《いきお》いでその穴《あな》に向《む》かって飛《と》んでいった。ふたりとも宇宙《うちゅう》に投《な》げ出《だ》されてしまったが、ストレンジはアイアン・スパイダーがウェブを飛《と》ばしてすんでのところで引《ひ》きとどめられた。だが、外《そと》に向《む》かう力《ちから》は強大《きょうだい》で、アイアン・スパイダーは近《ちか》くの鉄柱《てっちゅう》を握《にぎ》ってとどまろうとするが、思《おも》うようにいかない。

そのままぽっかり開《あ》いた穴《あな》まで飛《と》んでいくが、新型《しんがた》スーツの背中《せなか》からクモの脚《あし》を思《おも》わせる鋼鉄《こうてつ》の長《なが》いアームが数本《すうほん》張《は》り出《だ》して、彼《かれ》を踏《ふ》みとどまらせた！

「ちょっと待《ま》って！　何《なに》これ？」アイアン・スパイダーは新型《しんがた》スーツの使《つか》い方《かた》がまだよくわからないようだ。だが、外《そと》に飛《と》び出《だ》している魔法使《まほうつか》いをしっかりつかみ、アイアン・スパイダーは後《うし》ろに飛《と》び上《あ》がった。

すかさずアイアンマンがその穴《あな》をレーザーで閉《と》じた。エボニー・マウはそのまま宇《う》宙《ちゅう》を永遠《えいえん》に放浪《ほうろう》することになった。

ピーターは『エイリアン』のエンディングから敵《てき》を宇宙船《うちゅうせん》から追《お》い払《はら》うことを思《おも》いつき、それをアイアンマンとともにみごとにやってのけたのだ。

「やあ、初《はじ》めて会《あ》ったね。」アイアン・スパイダーはストレンジのマントに挨拶《あいさつ》した。

「この船《ふね》の向《む》きを変《か》えろ。」アイアン・スパイダーに助《たす》け出《だ》されたストレンジは、自《じ》

分《ぶん》の前《まえ》を通《とお》り過《す》ぎるトニー・スタークに向《む》かって言《い》った。

「ああ？　いきなり仕切《しき》り出《だ》したよ、まったく。」

「ストーンを守《まも》りたいんだ。」

「まずはぼくに礼《れい》のひとつでも言《い》ったらどうだ？　聞《き》いてやるよ。」トニーは船《ふね》のビューポートに向《む》かった。

「何《なん》の礼《れい》だ？」ストレンジはトニーの背中《せなか》に向《む》かって言《い》う。「わたしを宇宙《うちゅう》に飛《と》ばしかけたことへの礼《れい》か？」

「誰《だれ》が助《たす》けてやったんだ。」トニーは振《ふ》り返《かえ》り、胸《むね》を指《さ》して言《い》う。「ぼくだろ。」

「そのデカい自尊心《じそんしん》がよくそのヘルメットに収《おさ》まってるな。」

「いいか、逃《に》げろと言《い》ったときに逃《に》げればいいんだ。ぼくの忠告《ちゅうこく》を無視《むし》するからこうなったんだ。」

「きみの取《と》り巻《ま》きのように、わたしはきみに従《したが》う気《き》はない。」

「その挙《あ》げ句《く》がこうやって空飛《そらと》ぶドーナツの中《なか》だ。地球《ちきゅう》から遠《とお》く離《はな》れ、援軍《えんぐん》もない。」

「ぼくがいるけど。」ピーター・パーカーが口《くち》を挟《はさ》む。

「きみは密航者《みっこうしゃ》だ。」トニーはアイアン・スパイダーのマスクを消《け》したピーターに言《い》う。「大人《おとな》の話《はなし》の邪魔《じゃま》をするな。」

「すまない、きみたちの関係《かんけい》がわからない。」ストレンジは尋《たず》ねる。「この子《こ》は誰《だれ》だ？　きみが彼《かれ》の保護者《ほごしゃ》か？」

「違《ちが》うよ。」ピーターが挨拶《あいさつ》する。「あ、ぼくピーター。」

「ドクター・ストレンジだ。」

「ああ、ヒーローとしての名前《なまえ》のほうね。」ピーターは言《い》い直《なお》す。「じゃあ、ぼくはスパイダーマン。」

「この船《ふね》は自分《じぶん》で針路《しんろ》を修正《しゅうせい》しているようだ。」

「コントロールできるのか？　帰《かえ》れるのか？」ストレンジはトニーに向《む》き直《なお》り、近《ちか》づきながら尋《たず》ねる。「スターク？」

「あ？」

「『帰《かえ》れるのか？』と聞《き》いたんだ。」

「ああ、聞《き》こえてたよ。」トニーは何《なに》か考《かんが》えているようだ。「帰《かえ》るべきじゃないかもな。」

「何《なに》があろうとタイム・ストーンをサノスに渡《わた》すわけにはいかない。」ストレンジはきっぱりと言《い》った。「きみはどんな危険《きけん》が迫《せま》っているかまったくわかっていない。」

「わかってないのはきみのほうだ、ドクター。」トニーは相手《あいて》に近《ちか》づき、顔《かお》を寄《よ》せて、これまで経験《けいけん》してきたことを話《はな》した。

「サノスのことはもう6年《ねん》も考《かんが》えつづけている。やつがニューヨークに軍隊《ぐんたい》を送《おく》りこんで以来《いらい》だ。そしてまたやってきた。地球《ちきゅう》で戦《たたか》うのとあいつの星《ほし》で戦《たたか》うのとどちらがいいかわからないが、見《み》ただろう？ やつらがしたことを、やつらの力《ちから》を。だが今《いま》なら奇襲《きしゅう》をかけられる。こっちからサノスを倒《たお》しにいこう。」

トニーはストレンジにともに戦《たたか》おうと言《い》った。「ドクター、一緒《いっしょ》にやるか？」

「いいだろう、スターク。やろうじゃないか。」ストレンジも賛成《さんせい》したが、条件《じょうけん》をつけた。「だがひとつ言《い》っておく。きみと少年《しょうねん》か、タイム・ストーン、いずれかひとつしか守《まも》れないことになれば、容赦《ようしゃ》なくきみとこの子《こ》を見捨《みす》てる。それは動《うご》かせない。宇宙《うちゅう》の命運《めいうん》がかかっているんだからな。」

「いいね。すばらしい道徳基準《どうとくきじゅん》だ。」トニーは受《う》け入《い》れた。「よくわかった。」「坊主《ぼうず》。」トニーはピーターの近《ちか》くに行《い》き、右手《みぎて》でその両肩《りょうかた》を順《じゅん》に叩《たた》いた。「今日《きょう》からきみはアベンジャーズだ。」

それを聞《き》いて、ピーターはうれしそうに笑《え》みを浮《う》かべた。

3人《にん》を乗《の》せた船《ふね》はどこへ向《む》かう？

8 ソウル・ストーン

「腹《はら》が減《へ》っただろう。」サノスが食《た》べ物《もの》を持《も》ってガモーラのところに来《き》た。

ガシャン。彼女《かのじょ》はそれを受《う》けとるが、左腕《ひだりうで》でサノスの椅子《いす》に向《む》かって投《な》げつけた。

ふたりはサノスの宇宙船《うちゅうせん》の中《なか》にいた。

「この椅子《いす》嫌《きら》いだった。」

「そう言《い》ってたな。」サノスは椅子《いす》を見《み》て答《こた》えた。「だがいつか、おまえが座《すわ》ることを願《ねが》っていた。」

「この部屋《へや》も嫌《きら》いだった。この船《ふね》も、この人生《じんせい》も。」

「それも何度《なんど》も聞《き》いた。」サノスは階段《かいだん》を上《あ》がり、その椅子《いす》に腰《こし》をおろした。「毎日《まいにち》、20年近《ねんちか》くもな。」

「あんたにさらわれたときは子供《こども》だった。」

「救《すく》ったんだ。」

「違《ちが》う。」ガモーラはこの義理《ぎり》の父《ちち》を振《ふ》り返《かえ》った。「わたしたちは故郷《こきょう》で幸《しあわ》せだった。」

「毎日腹《まいにちはら》をすかせて、ゴミをあさる生活《せいかつ》をしていてもか?」サノスは娘《むすめ》に語《かた》った。

「おまえの故郷《こきょう》は崩壊寸前《ほうかいすんぜん》だった。わたしがそれを止《と》めてやったんだ。あのあとどうなったか知《し》ってるか? 生《う》まれた子供《こども》たちの腹《はら》は満《み》たされ、その子《こ》たちは明《あか》るく晴《は》れた空《そら》しか知《し》らない。天国《てんごく》だ。」

「あんたが人口《じんこう》の半分《はんぶん》を殺《ころ》したからよ。」

「小《ちい》さな代償《だいしょう》で大勢《おおぜい》を救《すく》っただけだ。」

「正気《しょうき》じゃない。」

「簡単《かんたん》な計算《けいさん》だ。」すでにインフィニティ・ストーンを3つ手《て》に入《い》れた残虐王《ざんぎゃくおう》は自説《じせつ》を唱《とな》える。「宇宙《うちゅう》は限《かぎ》られている。資源《しげん》も限《かぎ》られてる。命《いのち》が増《ふ》えるがままにしておけば、やがて全滅《ぜんめつ》する。修正《しゅうせい》が必要《ひつよう》だ。」

「あんたに何《なに》がわかるのよ!」ガモーラは声《こえ》を荒《あら》らげる。

「いや、わたしだけがわかっている。少《すく》なくともわたしだけが意志《いし》を持《も》って行動《こうどう》している。」サノスは立《た》ちあがり、娘《むすめ》に近《ちか》づいた。「おまえもかつては同《おな》じ意志《いし》を持《も》っていた。一緒《いっしょ》に戦《たたか》っていただろう？　娘《むすめ》よ。」

「娘《むすめ》なんかじゃない。」ガモーラはサノスを見上《みあ》げた。「わたしの嫌《いや》なところは全部《ぜんぶ》あんたから教《おそ》わった。」

「おかげで銀河一《ぎんがいち》おそろしい女《おんな》になれたじゃないか。」父《ちち》は娘《むすめ》に静《しず》かに語《かた》りかけた。

「だからおまえにソウル・ストーン探《さが》しを任《まか》せた。」

「期待《きたい》に添《そ》えなくて悪《わる》かったわね。」

「確《たし》かにがっかりしている。だがストーンを見《み》つけなかったからじゃない。」サノスは屈《かが》みこんでガモーラに顔《かお》を近《ちか》づけた。「見《み》つけたのに、隠《かく》したからだ。」

☆

ガーン。シャッターが開《ひら》く。ガモーラが中《なか》に入《はい》り、近《ちか》づくと、妹《いもうと》ネビュラが吊《つ》るされている！　サイボーグの彼女《かのじょ》は過酷《かこく》な拷問《ごうもん》を受《う》けたようで、体《からだ》じゅうの部品《ぶひん》が飛《と》び出《だ》してしまっている。

「ネビュラ！」

「うう、ああ。」妹《いもうと》は姉《あね》を前《まえ》にして苦《くる》しそうな声《こえ》を上《あ》げた。

「もうやめて。」

「妹《いもうと》はこの船《ふね》にもぐりこみ、わたしを殺《ころ》そうとした。」サノスが口《くち》を開《ひら》いた。

「やめて、お願《ねが》い。」

「あぶないところだったよ。ここへ運《はこ》んだのは尋問《じんもん》のためだ。」サノスはガモーラの願《ねが》いを聞《き》き入《い》れず、ガントレットをはめた左手《ひだりて》を握《にぎ》りしめて、さらにネビュラに拷問《ごうもん》を加《くわ》える。

「うわあ！　ああ！　ぎゃあああ！」

「やめて。お願《ねが》い。」ガモーラは非情《ひじょう》な父《ちち》の右手《みぎて》を取《と》って嘆願《たんがん》した。

「命《いのち》にかけて嘘《うそ》は言《い》ってない！　ソウル・ストーンは見《み》つからなかったの。」

それを聞《き》くとサノスはネビュラのほうを向《む》き、彼女《かのじょ》の頭《あたま》の中《なか》のレコーダーを起動《きどう》させた。その中《なか》でネビュラが姉《あね》と会話《かいわ》を交《か》わす。

メモリー・ファイルにアクセス。

『あいつが動《うご》き出《だ》した。わかってるでしょう、ストーンを全部《ぜんぶ》手《て》に入《い》れる気《き》よ。』

『全部《ぜんぶ》なんて無理《むり》。』

『できる!』

『無理《むり》なのよ、ネビュラ。ソウル・ストーンのありかを示《しめ》す地図《ちず》はわたしが見《み》つけて灰《はい》にした。』

ガモーラはメモリーファイルに映《うつ》し出《だ》された自分《じぶん》の姿《すがた》を見《み》てうつむいた。

「おまえは強《つよ》いな、わたしに似《に》て。そして寛大《かんだい》だ、わたしに似《に》て。」サノスはそんな娘《むすめ》を見《み》おろした。「だが、嘘《うそ》のつき方《かた》は教《おし》えなかった。だから嘘《うそ》が下手《へた》なんだ。」

そして背後《はいご》からガントレットをはめた手《て》を突《つ》き出《だ》して尋《たず》ねた。「言《い》え。どこだ。ソウル・ストーンは?」

サノスは再《ふたた》びその手《て》を握《にぎ》りしめ、ネビュラに拷問《ごうもん》を加《くわ》える。

「わあ! ぎゃあ! ぎゃあああ!」

「ヴォーミア。」ガモーラは耐《た》え切《き》れず、ソウル・ストーンのありかを話《はな》してしまう。

サノスがガントレットをはめた左手《ひだりて》を開《ひら》く。

「はあ、はあ、はあ。」ネビュラは拷問《ごうもん》から解放《かいほう》され、安堵《あんど》の息《いき》をもらした。

「ストーンはヴォーミアにある。」ガモーラは妹《いもうと》に近《ちか》づいてその頰《ほお》を撫《な》でながら言《い》った。

「案内《あんない》しろ。」サノスはガモーラに告《つ》げた。

☆

「おれはグルート。」

「小便《しょうべん》なら、カップにしろ。」ロケットはポッドの操縦席《そうじゅうせき》からグルートに返事《へんじ》をした。「見《み》やしねえよ。そんな小枝《こえだ》、見《み》てもしょうがねえし。」

「おれはグルート！」

「カップの中身《なかみ》は外《そと》に捨《す》てて、もう一度《いちど》カップにしろ。」今度《こんど》はソーがコックピットの後《うし》ろから答《こた》えた。

「こいつの言葉《ことば》がわかるのか？」ロケットが操縦席《そうじゅうせき》を回転《かいてん》させて尋《たず》ねた。

「ああ、アスガルドの選択科目《せんたくかもく》だったんだ。」

「おれはグルート。」

「近《ちか》くまで行《い》ったらわかるぞ。」ソーは目的地《もくてきち》について話《はな》した。「ニダベリアの工房《こうぼう》は中性子星《ちゅうせいしせい》のすさまじいエネルギーを利用《りよう》する。おれのハンマーもあそこで作《つく》られた。」ソーは後部《こうぶ》の座席《ざせき》に腰《こし》をおろした。

「さてと。船長《せんちょう》の仕事《しごと》をするか。」アスガルドの王《おう》がどこかさびしそうに言《い》うのを聞《き》いて、ロケットは操縦席《そうじゅうせき》から立《た》ちあがり、彼《かれ》のほうに向《む》かう。

「弟《おとうと》が死《し》んだって？」ソーに背中《せなか》を向《む》けてポッド後部《こうぶ》の操作盤《そうさばん》をいじりながら、ロケットが尋《たず》ねた。「いろいろつらいよな。」

「前《まえ》にも死《し》んだけどな。ただ今回《こんかい》はほんとみたいだ。」

「あと、確《たし》か、姉《ねえ》さんと親父《おやじ》さんも……。」

「……死《し》んだ。」

「じゃあ、おふくろさんは？」

「ダーク・エルフに殺《ころ》された。」

「親友《しんゆう》もいたっけ？」

「心臓《しんぞう》を貫《つらぬ》かれた。」

「今回《こんかい》の任務《にんむ》は特別《とくべつ》むずかしいが、できるか？」ロケットがソーを見《み》つめて尋《たず》ねた。

「もちろんだ。」ソーは笑《え》みを浮《う》かべて答《こた》える。「怒《いか》り、復讐心《ふくしゅうしん》、喪失感《そうしつかん》、後悔《こうかい》、全部《ぜんぶ》が力《ちから》の源《みなもと》になり、頭《あたま》もすっきりさえてる。だからできるさ。」

「だけど、あのサノスが相手《あいて》だからな。」ロケットはほんとうにできるか確《たし》かめた。

「あんな手《て》ごわいやつはいないぞ。」

「おれの敵《てき》じゃない。」

「おまえ、負《ま》けたろ？」

「二度《ど》は負《ま》けない。」ソーははっきりと言《い》った。「新《あたら》しいハンマーも手《て》に入《はい》るし。」

「まあ、いいハンマーだといいな。」

「ふっふ。おれは１５００年《ねん》生《い》きている。」ソーはこれまでのことを思《おも》い出《だ》しながら語《かた》った。「これまでにその倍《ばい》の数《かず》の敵《てき》を倒《たお》した。どいつもおれを殺《ころ》そうとしたが、誰《だれ》にもやられてない。運命《うんめい》がおれを生《い》かしたがってるってことだ。サノスなんか、おれが片《かた》づけてきた悪党《あくとう》どものリストに名《な》を連《つら》ねるだけだ。運命《うんめい》がそう言《い》ってる。」

「けど、もしそうならなかったら？」サイバネティック・アニマルは厳《きび》しいことを尋《たず》ねた。

「もしそうならなくても、おれは失《うしな》うものはない。」そこでアスガルドの王《おう》のつぶれていない左目《ひだりめ》に涙《なみだ》が光《ひか》った。

「おれは失《うしな》うものがある。」立《た》ちあがって操縦席《そうじゅうせき》に向《む》かうソーの背中《せなか》に、ロケットが言《い》った。「いっぱいあるぞ。」

ソーはコックピットに行《い》き、今《いま》もゲームに興《きょう》じるグルートの隣《となり》の座席《ざせき》に腰《こし》をおろした。

「それじゃあ、まあ、あのゲス野郎《やろう》を倒《たお》すのが運命《うんめい》なら、目《め》ん玉《たま》ひとつじゃ足《た》りねえだろう。」ロケットがバッグから何《なに》かを取《と》り出《だ》し、ソーに手渡《てわた》す。

「これは何《なん》だ？」片目《かため》の王《おう》はそれを受《う》けとった。

「何《なに》に見《み》える？」ロケットが答《こた》える。「コントラクシア星《せい》で賭《か》けをして勝《か》ったんだ。」目玉《めだま》だ！

「これをもらったのか？」

「いや、そいつから100クレジットもらった。そのあと夜《よる》そいつの部屋《へや》に忍《しの》びこんで、その目《め》をいただいた。」

それはロケットがヨンドゥとともにテイザーフェイスにとらわれたときに、ベビー・グルートがヨンドゥのフィンを取《と》ってこようとして間違《まちが》えて持《も》ってきてしまったヴォーカーの目玉《めだま》だ。

「ありがとう、ウサギくん。」

「うん。」すでに操縦席《そうじゅうせき》に座《すわ》っていたアライグマ型《がた》クリーチャーは、椅子《いす》をひっくり返《かえ》して答《こた》えた。

ソーは右目《みぎめ》のアイパッチを外《はず》し、ロケットからもらった目玉《めだま》を挿入《そうにゅう》した。その様子《ようす》をグルートが心配《しんぱい》そうにじっと見《み》つめる。

「ああ、おれなら洗《あら》うけどな。」ロケットが変《へん》なことを言《い》い出《だ》した。「実《じつ》はこっそり運《はこ》ぶときに、隠《かく》してたんだ、……に。」

ピーピーピ。何《なに》かの警告音《けいこくおん》が鳴《な》った。

「お、着《つ》いたぞ。」ロケットはそう言《い》ってニダベリアへの到着《とうちゃく》を告《つ》げる。

「だめだ、調子《ちょうし》悪《わる》い。どこも暗《くら》く見《み》える。」ソーは焦点《しょうてん》があわないようで、目《め》の周《まわ》りを叩《たた》いたりして調整《ちょうせい》する。

「目《め》のせいじゃねえよ。」

ビューン。ポッドが惑星《わくせい》に着陸《ちゃくりく》し、3人《にん》は外《そと》へ出《で》た。グルートはまだゲームをして

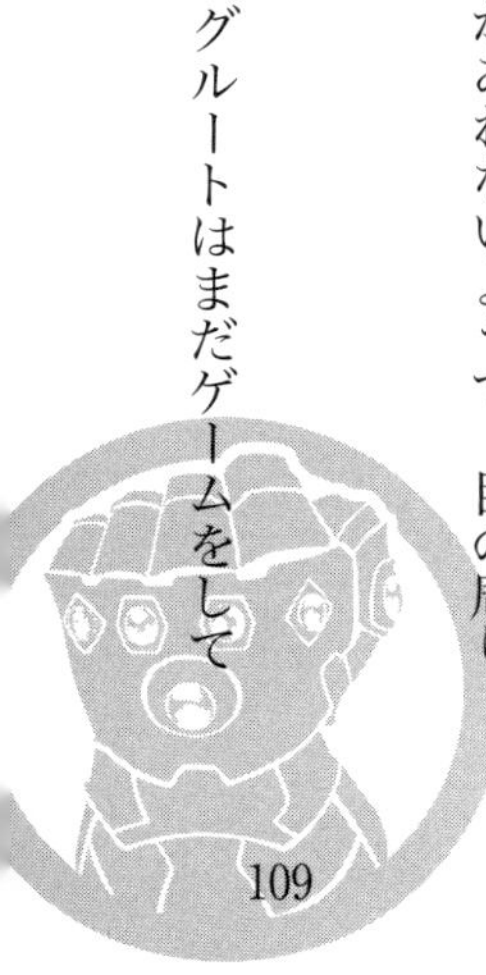

いる。

「何《なに》かがおかしい。」ようやく目《め》の焦点《しょうてん》があったソーがつぶやく。「灯《あか》りが消《き》えてる。リングが凍《こお》ってる。」

この星《ほし》の工房《こうぼう》の輪《わ》は常《つね》に熱《あつ》く燃《も》え上《あ》がって回転《かいてん》している。アスガルドの王《おう》にはそのイメージしかなかった。

「この星《ほし》のドワーフたちは掃除《そうじ》は下手《へた》だが、腕《うで》はいいんだろうな。」ロケットも何《なに》かおかしいと感《かん》じているようだ。「宇宙《うちゅう》のごみ溜《た》めだってわかって出《で》ていったのかもな。」

「何世紀《なんせいき》も灯《あか》りを絶《た》やさなかった工房《こうぼう》だぞ。」

「サノスはガントレットを持《も》ってたって言《い》ったな。」

「ああ、なんで?」

「それって、あんなやつか?」ロケットはそう言《い》って、まさしくサノスがしていたのと同《おな》じようなガントレットを指《ゆび》さす。

「おれはグルート。」

「ポッドに戻《もど》ろう。」

ガーン！　アスガルドの王《おう》はそう提案《ていあん》するが、そこでいきなり何者《なにもの》かに襲《おそ》われる。

「うおお！」大男《おおおとこ》がソーを殴《なぐ》りつけ、グルートを蹴《け》り飛《と》ばした。

「エイトリ、待《ま》て！」ソーが男《おとこ》を見上《みあ》げて声《こえ》をかける。「待《ま》て、よせ。」

「ソー？」大男《おおおとこ》はアスガルドの王《おう》を認識《にんしき》した。

「何《なに》があった？」

「おれたちを守《まも》ると言《い》っただろう？」大男《おおおとこ》エイトリは怒《いか》りが収《おさ》まらないのか、拳《こぶし》を固《かた》めてソーを再《ふたた》び殴《なぐ》りつけようとする。「アスガルドがおれたちを守《まも》るって言《い》っただろう！」

「アスガルドは滅《ほろ》ぼされた。」ソーはようやく立《た》ちあがって尋《たず》ねた。「エイトリ、その手袋《てぶくろ》はどうした？　何《なに》があった？」

「このリングには３００年《ねん》もドワーフが住《す》んでいた。」大男《おおおとこ》はガシガシと大《おお》きな足音《あしおと》を立《た》てて移動《いどう》し、机《つくえ》の脇《わき》にガンと倒《たお》れこんだ。

「やつの言《い》う通《とお》りにすれば、みんなを守《まも》れるかと。だからサノスの注文《ちゅうもん》に応《おう》じた。

作《つく》ったんだ、ストーンのパワーを利用《りよう》できる装置《そうち》を。」エイトリは話《はなし》を続《つづ》ける。「そしてやつは一族《いちぞく》を皆殺《みなごろ》しにした。おれだけを残《のこ》して。命《いのち》だけは助《たす》けてやるとさ。」そう言《い》って、腕《うで》にはめた手袋《てぶくろ》を見《み》おろした。「だが、おまえの手《て》は、わたしのものだと。」

「エイトリ。」ソーが声《こえ》をかける。「手《て》がどうなろうと、今《いま》まで作《つく》ったすべての武器《ぶき》、斧《おの》、ハンマー、剣《けん》、何《なに》もかもがおまえの頭《あたま》にある。すべての望《のぞ》みは絶《た》たれたと思《おも》っているだろうが、大丈夫《だいじょうぶ》だ。おれたちが力《ちから》をあわせれば、サノスを倒《たお》せる。」

☆

その頃《ころ》サノスの宇宙船内《うちゅうせんない》では拷問《ごうもん》を受《う》けたネビュラの体《からだ》が修復《しゅうふく》されていた。左目《ひだりめ》がポンと飛《と》び出《だ》すが、それも技術兵《ぎじゅつへい》が押《お》しこむ。

バン、バン、バン、バン！　その瞬間《しゅんかん》、彼女《かのじょ》は兵《へい》を殴《なぐ》り倒《たお》した。そして脚《あし》を引《ひ》きずり、近《ちか》くにあった果物《くだもの》をつかんで口《くち》にすると、通信機器《つうしんきき》を起動《きどう》させた。

「マンティス、いい、よく聞《き》いて。」ネビュラはノーウェアに行《い》ったはずのガーディアンズに連絡《れんらく》を取《と》ったのだ。「すぐにタイタンに行《い》って。わたしも向《む》かう。」

☆

「どうなってんの？」

「着《つ》いたようだな。」ピーター・パーカーに背後《はいご》から声《こえ》をかけられ、ビューポートから進行方向《しんこうほうこう》を見《み》ていたストレンジが答《こた》える。

トニーとストレンジとピーターを乗《の》せた宇宙船《うちゅうせん》は、どこかの惑星《わくせい》に到着《とうちゃく》しつつあった。

「自動着陸機能《じどうちゃくりくきのう》があるとは思《おも》えない。」トニーは近《ちか》くの操縦装置《そうじゅうそうち》に腕《うで》を入《い》れて、ピーターにも別《べつ》の装置《そうち》で同《おな》じことをするように命《めい》じた。「腕《うで》をこの操縦桿《そうじゅうかん》に入《い》れて、こいつで締《し》めろ。できたか？」

「うん。」

「手《て》をあわせてふたりで動《うご》かすマシンだ。」トニーはピーターに声《こえ》をかける。「息《いき》をあわせて。いくぞ。」

「よし、いくよ。」だが、船《ふね》は思《おも》うように操縦《そうじゅう》できず、ピーターはあわてた。「ねえ、避《よ》けないと！　早《はや》く、早《はや》く、早《はや》く！」

ガガーン！　宇宙船《うちゅうせん》は地上《ちじょう》の障害物《しょうがいぶつ》に大《おお》きな音《おと》を立《た》ててぶつかり、輪《わ》の上部《じょうぶ》はかけ

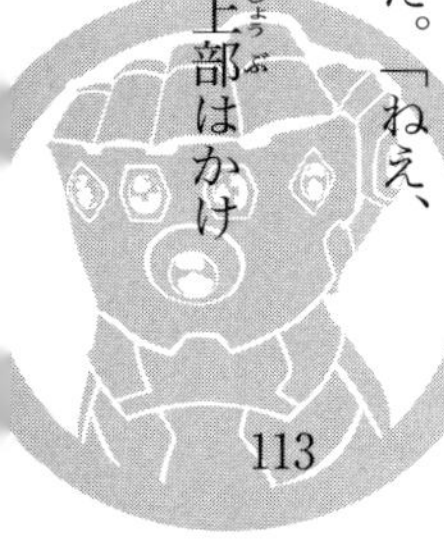

てしまう。このままでは船《ふね》全体《ぜんたい》が爆発《ばくはつ》してしまうかもしれない。

パワーが足《た》りず、トニーはアイアンマンに、ピーターはアイアン・スパイダーに変《へん》身《しん》して操縦《そうじゅう》を試《こころ》みようとするが、船《ふね》の暴走《ぼうそう》は止《と》まらない。

シュ！　ストレンジがそこで大《おお》きなオレンジ色《いろ》の魔法陣《まほうじん》を放《はな》った。それで船《ふね》の残《のこ》りの部分《ぶぶん》を安定《あんてい》させようというのか？

ガガーン！　宇宙船《うちゅうせん》は輪《わ》の半分《はんぶん》を失《うしな》いつつも、どうにか不時着《ふじちゃく》した。ここはおそらくサノスの星《ほし》タイタンだ。

「大丈夫《だいじょうぶ》か？」ストレンジはトニーを助《たす》け起《お》こして言《い》う。「あぶないところだった。」

「ひとつ借《か》りができた。」トニーは返事《へんじ》をする。

「言《い》っとくけど。」天井《てんじょう》から逆《さか》さまにぶら下《さ》がったピーターがふたりに言《い》う。「もしエイリアンに卵《たまご》を産《う》みつけられて、ぼくがふたりのどっちかを食《た》べちゃったりしたら、ごめんね。」

「この先《さき》もずっとその調子《ちょうし》で映画《えいが》のネタを挟《はさ》んでくる気《き》か？」トニーが少年《しょうねん》のジョークをたしなめる。「やめろ。」

「ぼくが言《い》いたいのは。」ピーターは何《なに》かを指《ゆび》さした。「何《なに》か来《く》るよってこと。」

何《なに》やら小《ちい》さなものが３人《にん》の近《ちか》くに転《ころ》がりこんできた。

バン！

「わあ！」それがいきなり爆発《ばくはつ》し、３人《にん》は吹《ふ》っ飛《と》ばされた。

ガーディアンズ・オブ・ギャラクシーだ！

ピーター・クイルとマンティスとともに飛《と》びこんできたドラックスが剣《けん》を投《な》げつけるが、ストレンジは魔法陣《まほうじん》で受《う》けとめた。

「サノス！」上半身裸《じょうはんしんはだか》の大男《おおおとこ》はそう叫《さけ》び声《ごえ》を上《あ》げるが、魔術師《まじゅつし》のマントが飛《と》び出《だ》して押《お》さえつけられた。

ギューン！　バン、バン！　ピーター・クイルはあのヘルメットマスクをつけてスター・ロードになり、アイアンマンと空中戦《くうちゅうせん》を繰《く》り広《ひろ》げる。

「きゃっはっは！」両手《りょうて》に銃《じゅう》を持《も》ったスター・ロードはアイアンマンのビームに撃《う》ち落《お》とされるが、何《なに》か磁石《じしゃく》のようなものを相手《あいて》の胸《むね》に貼《は》りつけたようで、さすがの地球《ちきゅう》のヒーローも近《ちか》くの金属《きんぞく》に飛《と》ばされて動《うご》きを止《と》められてしまう。

「あ、あああああ！」マンティスに攻《せ》めこまれ、アイアン・スパイダーは仰向《あおむ》けになって後《うし》ろに逃《に》げながらウェブを飛《と》ばした。「卵《たまご》を産《う》みつけないで！」

「寝《ね》てろ、ピエロ！」そんな彼《かれ》にスター・ロードが脇《わき》からドロップキックを見舞《みま》い、銃撃《じゅうげき》するが、アイアン・スパイダーも背中《せなか》からあのクモ脚《あし》のアームを出《だ》して反撃《はんげき》する。だが、ニューヨークのヒーローはスター・ロードが投《な》げつけた金属《きんぞく》の紐《ひも》のようなものに体《からだ》を捕《と》らえられ、放《ほう》り投《な》げられてしまった。

金属《きんぞく》に貼《は》りつけられたアイアンマンもようやくそれを引《ひ》きはがし、ストレンジのマントに押《お》さえつけられていたドラックスのところに飛《と》ぶ。

「全員《ぜんいん》そのまま動《うご》くな！　そこまでだ！」スター・ロードはスパイダーを背後《はいご》から押《お》さえつけて、その頭《あたま》に銃《じゅう》をあてた。「一度《いちど》しか聞《き》かないぞ。ガモーラはどこだ？」

「あ、ぼくも聞《き》きたいんだが、ガモーラって誰《だれ》だ？」トニーはアイアンマンのマスクを消《け》し、同《おな》じくスター・ロードのマスクを消《け》したピーターに尋《たず》ねる。

「おれも聞《き》きたいんだが、なんでガモーラなんだ？」トニーの足元《あしもと》に横《よこ》たわるドラックスも尋《たず》ねた。

ストレンジは魔法陣《まほうじん》を広《ひろ》げて戦況《せんきょう》を分析《ぶんせき》しようとする。

「そいつを放《はな》せ。」ピーターがトニーに迫《せま》った。「でないと、小僧《こぞう》をフライにしちまうぞ。」

「やってみろ、おまえの仲間《なかま》が吹《ふ》き飛《と》ぶぞ。」トニーもドラックスに武器《ぶき》を突《つ》き出《だ》して言《い》った。「ほら、やれよ！」

「やれ、クイル。おれなら大丈夫《だいじょうぶ》。」

「大丈夫《だいじょうぶ》じゃない。」ドラックスは強《つよ》がるが、マンティスは否定《ひてい》した。

「その通《とお》りだ。」ストレンジが口《くち》を挟《はさ》む。

「彼女《かのじょ》がどこにいるか言《い》わない気《き》か？」ピーターは本気《ほんき》だ。「ならいい。３人《にん》とも殺《ころ》してやる。でもって、おれひとりでサノスをぶちのめす。まずはこいつだ。」ピーターはアイアン・スパイダーに銃口《じゅうこう》を突《つ》きつけた。

「待《ま》て、サノスだと？」ストレンジがそこで尋《たず》ねる。「おい、ひとつだけ聞《き》かせてくれるか？　おまえはどの主《あるじ》に仕《つか》えている？」

「主《あるじ》が誰《だれ》か？　イエス様《さま》だと言《い》えってか？」

「地球人《ちきゅうじん》か？」それを聞《き》いてトニーが尋《たず》ねる。

「地球《ちきゅう》じゃない。ミズーリ出身《しゅっしん》だ。」

「ミズーリは地球《ちきゅう》だろ。」トニーはピーターが地球人《ちきゅうじん》とわかり、ちゃんと話《はなし》をしようとする。「なんでぼくらを攻撃《こうげき》する？」

「あなたたちサノスの手下《てした》じゃないの？」ピーターに捕《と》らえられているアイアン・スパイダーがもごもごとつぶやく。

「サノスの手下《てした》だと？　違《ちが》う、サノスは敵《てき》だ。おれの女《おんな》を……。」ピーターは訳《わけ》がわからないようだ。「おまえら誰《だれ》だ？」

「ぼくたちアベンジャーズだよ。」同《おな》じ地球人《ちきゅうじん》で名前《なまえ》も同《おな》じピーター・パーカーが、アイアン・スパイダーのマスクを消《け》して答《こた》えた。

「わかった、ソーが言《い》ってた人《ひと》たちだ。」マンティスは覚《おぼ》えていた。

「ソーを知《し》ってるのか？」トニーが驚《おどろ》いて尋《たず》ねた。

「ああ。背《せ》は高《たか》いが、見《み》た目《め》はイマイチ。」ピーター・クイルが苦々《にがにが》しそうに答《こた》える。「助《たす》けてやったよ。」

「今《いま》どこにいる？」ストレンジが尋《たず》ねた。

☆

ニダベリアの工房《こうぼう》につながる通路《つうろ》を、ソー、ロケット、グルートがエイトリを囲《かこ》んで歩《ある》いている。

「あれでやつを叩《たた》こうって作戦《さくせん》？」鉄《てつ》の塊《かたまり》が固定《こてい》されるのを見《み》てロケットが言《い》った。

「あれは型《かた》だ。王《おう》の兵器《へいき》のな。」この星《ほし》の巨大《きょだい》な職人《しょくにん》が答《こた》える。「アスガルド一《いち》の武器《ぶき》だ。虹《にじ》の通路《つうろ》を呼《よ》び出《だ》すこともできるはずだ。」

「武器《ぶき》の名前《なまえ》は？」

「ストームブレイカー。」ソーの質問《しつもん》に、エイトリが答《こた》える。

「大《おお》げさすぎないか？」ロケットは名前《なまえ》が仰々《ぎょうぎょう》しすぎると思《おも》ったようだ。

「どうやって作《つく》る？」ソーが尋《たず》ねる。

「もう一度《いちど》工房《こうぼう》を動《うご》かすんだ。」ニダベリアの巨人《きょじん》は言《い》う。「死《し》にかけた星《ほし》をよみがえらせろ。」

「ウサギ、ポッドのエンジンを入《い》れろ。」ソーがロケットに声《こえ》をかけた。

☆

「この星《ほし》はどうなってんだ？」ピーター・クイルが磁石《じしゃく》のようなものを手《て》にしている。「軸《じく》が8度《ど》ずれてる。重力《じゅうりょく》の渦《うず》みたいなのがあちこちにあるし。」

「向《む》こうは必《かなら》ずわれわれを追《お》ってくる。」トニーは断言《だんげん》した。「それを利用《りよう》しよう。作《さく》戦《せん》は簡単《かんたん》だ。やつをおびき寄《よ》せ、動《うご》きを止《と》めて、例《れい》のものを奪《うば》う。くれぐれも深追《ふかお》いするなよ。ガントレットを手《て》に入《い》れればそれでいい。」

マンティスはトニーの話《はなし》をまるで聞《き》かず、向《む》こうでポンポンと飛《と》び跳《は》ねている。

「ふぁあ。」ドラックスはあくびをしている。

「あくびしてんのか？」トニーがそれを見《み》て声《こえ》を荒《あら》らげた。「人《ひと》がせっかく説明《せつめい》しているのに。おい、今《いま》の聞《き》いてたか？」

「『作戦《さくせん》は』ってところで聞《き》くのやめた。」ドラックスはそう言《い》う。

「ツルツル頭《あたま》はほっとこう。」

「あいつらが得意《とくい》なのはぶっつけ本番《ほんばん》。」怒《おこ》るトニーにピーター・クイルが言《い》う。

「で、ぶっつけ本番《ほんばん》で何《なに》する気《き》？」今度《こんど》はピーター・パーカーが尋《たず》ねる。

「ケツをしばいたる。」マンティスがいきなり下品《げひん》なことを言《い》う。

「そうだ。」ドラックスもうなずく。

「はあ。」トニーはあきれてしまうが、気《き》を取《と》り直《なお》して言《い》う。「まあ、いい。集《あつ》まってくれ。スター・ロード大先生《だいせんせい》、仲間《なかま》をまとめてくれ。」

「ただのスター・ロードでいい。」

「団結《だんけつ》して戦《たたか》うことが必要《ひつよう》だ。みんな勇敢《ゆうかん》に突《つ》っこんでいくだけでは……。」

「おい、おれたちを勇敢《ゆうかん》なんて言《い》うのはやめてくれ。そんなもの知《し》るか。」クイルは熱弁《ねつべん》をふるう。「おれたちはお気楽主義《きらくしゅぎ》なんだ。あんたの作戦《さくせん》も悪《わる》くないけど、つまんねえよ。おれに任《まか》せてくれ。超《ちょう》イケてる作戦《さくせん》立《た》てちゃうから。」

「ダンス対決《たいけつ》で勝負《しょうぶ》を決《き》めるとか？」ドラックスが突《つ》っこみを入《い》れる。

「ダンス対決《たいけつ》？」トニーが尋《たず》ねる。

「な、何《なん》でもない。忘《わす》れてくれ。」クイルはロナンと戦《たたか》ったときのことには触《ふ》れてほしくないようだ。

「映画《えいが》の『フットルース』みたいな？」ピーター・パーカーが尋《たず》ねる。

「そう、『フットルース』だよ！」クイルは少年《しょうねん》の突《つ》っこみに目《め》を輝《かがや》かせる。「今《いま》も名《めい》作《さく》ランキングに入《はい》ってる？」

「いや、一度《いちど》も入《はい》ってない。」パーカーがそう言《い》うと、クイルはがっかりした表情《ひょうじょう》を浮《う》かべた。

「おい、こいつの話《はなし》に乗《の》るな。」トニーが映画少年《えいがしょうねん》の話《はなし》を真《ま》に受《う》けるなと言《い》う。「このフラッシュ・ゴードンは救《すく》いようがない。」

「フラッシュ・ゴードン？　それって、ほめ言葉《ことば》だぞ！」クイルは話《はな》し出《だ》すと止《と》まらない。「おれは半分人間《はんぶんにんげん》だ。だから半分《はんぶん》おバカだけど。あんたらは１００パーおバカってことになるな。」

「その計算《けいさん》、頭《あたま》が痛《いた》くなる。」トニーはついていけないようだ。

「ねえ、見《み》て。」マンティスがそこで口《くち》を挟《はさ》む。「あのお友達《ともだち》、いつもあれやるの？」

その視線《しせん》の先《さき》にはドクター・ストレンジがいた。

「ストレンジ、大丈夫《だいじょうぶ》か？」トニーが声《こえ》をかけるが、魔術師《まじゅつし》は宙《ちゅう》に浮《う》かび上《あ》がって瞑《めい》想《そう》にふけっている。その首《くび》は激《はげ》しく動《うご》き、両腕《りょううで》に巻《ま》かれた魔法陣《まほうじん》も胸《むね》にかけた〝アガモットの目《め》〃も緑色《みどりいろ》に輝《かがや》いている。

「うわあ！」ストレンジは瞑想《めいそう》から覚《さ》めたようだ。

「戻《もど》ってきたか？」体《からだ》が落《お》ちてきた魔術師《まじゅつし》に、トニーが声《こえ》をかけた。

「ああ。」

「何《なに》してたの？」ピーター・パーカーが尋《たず》ねる。

「時《とき》を超《こ》えていた。」ストレンジは答《こた》える。「変化《へんか》した未来《みらい》を見《み》てきた。来《きた》るべき戦《たたか》いがもたらすすべての可能性《かのうせい》を。」

「いくつ見《み》たんだ？」ピーター・クイルが尋《たず》ねる。

「1400万《まん》6605だ。」

「こっちが勝《か》ったのは？」トニーが尋《たず》ねた。

「ひとつだ。」

☆

ヴォーミアの大地《だいち》をサノスとガモーラが歩《ある》いている。

「ストーンがあそこで見《み》つかるといいな。」雲《くも》に包《つつ》まれた遠《とお》くの岩山《いわやま》を見《み》つめながら、サノスがガモーラに言《い》った。「妹《いもうと》のためにも。」

「よく来《き》たな、サノス。エターナルズの息子《むすこ》。」ふたりが岩山《いわやま》に入《はい》ると、宙《ちゅう》に浮《う》かぶ何者《なにもの》かが声《こえ》をかけた。「ガモーラ、サノスの娘《むすめ》。」

「なぜ知《し》っている？」サノスが尋《たず》ねる。

「わたしはここにたどり着《つ》く者《もの》たちすべてを知《し》っている。」マントを羽織《はお》った謎《なぞ》の人物《じんぶつ》が答《こた》える。

「ソウル・ストーンはどこだ？」

「高《たか》くつくぞ。それを覚悟《かくご》の上《うえ》で言《い》っているのか？」

「覚悟《かくご》の上《うえ》だ。」

「最初《さいしょ》は誰《だれ》もがそう思《おも》う。」サノスの言葉《ことば》を聞《き》くと、謎《なぞ》の男《おとこ》は地上《ちじょう》に降《お》りて、ふたりに歩《あゆ》み寄《よ》った。「だが、そうではない。」

　こいつは……。レッド・スカルだ！　第二次大戦中《だいにじたいせんちゅう》に世界征服《せかいせいふく》をもくろんだこのヒドラの首領《しゅりょう》ヨハン・シュミットは、キャプテン・アメリカと同《おな》じ血清《けっせい》を投与《とうよ》されて超人的《ちょうじんてき》な体力《たいりょく》を得《え》るものの、顔《かお》が赤《あか》い骸骨《がいこつ》のように醜《みにく》く崩《くず》れてしまい、その名《な》で呼《よ》ばれるようになった。キャプテンと激《はげ》しい戦闘《せんとう》を繰《く》り広《ひろ》げたあと行方《ゆくえ》がわからなくなっていたが、ヴォーミアでソウル・ストーンの番《ばん》をしていたとは……。

「なぜおまえはこの場所《ばしょ》に詳《くわ》しい？」自分《じぶん》たちをどこかに連《つ》れていこうとするレッド・スカルに、サノスが尋《たず》ねた。

「その昔《むかし》、わたしもストーンを探《さが》し求《もと》めたからだ。」レッド・スカルはふたりを石柱《せきちゅう》が2本《ほん》そびえ立《た》つ場所《ばしょ》へと導《みちび》く。「ひとつを手《て》にしたこともあったが、そのせいでわたしはここに飛《と》ばされることになった。わがものにならなかった宝《たから》へと、ほかの者《もの》たちを導《みちび》いている。」

３人《にん》は切《き》り立《た》った崖《がけ》の上《うえ》にいる。

「おまえたちが探《さが》しているものはそこにある。」レッド・スカルは話《はなし》を続《つづ》ける。「おそれているものもな。」

「おそれているもの？」ガモーラは尋《たず》ねる。

「代《か》わりに差《さ》し出《だ》すものだ。」顔《かお》が赤《あか》く崩《くず》れた男《おとこ》は話《はな》す。「ソウル・ストーンはインフィニティ・ストーンの中《なか》でも特別《とくべつ》なものだ。ある種《しゅ》の知恵《ちえ》を備《そな》えている。」

「ストーンは何《なに》を望《のぞ》んでいる？」サノスが尋《たず》ねる。

「持《も》ち主《ぬし》となる者《もの》が、ストーンの力《ちから》を十分《じゅうぶん》に理解《りかい》することだ。」ストーンの番人《ばんにん》は答《こた》える。「そしてそれは犠牲《ぎせい》を求《もと》める。」

「犠牲《ぎせい》とは何《なん》だ？」

「それを手《て》にするには、手放《てばな》さなければならない。」レッド・スカルは崖《がけ》の下《した》を見《み》おろした。「おまえが愛《あい》する者《もの》を。魂《たましい》と引《ひ》き換《か》えだ。」

それを聞《き》いたサノスの表情《ひょうじょう》がゆがんだ。

「ふ、ふっふ。」ガモーラがそこで笑《わら》い出《だ》した。「今《いま》までずっと夢《ゆめ》に見《み》てきた。あんたに罰《ばつ》が下《くだ》る日《ひ》をね。でもその日《ひ》は来《こ》なかった。それが今《いま》……。」彼女《かのじょ》はサノスの背中《せなか》を見据《みす》えた。「あんたは人《ひと》を殺《ころ》し、苦《くる》しめ、それを救《すく》いだと言《い》う。宇宙《うちゅう》がそんなあんたを裁《さば》いたのよ。あんたはご褒美《ほうび》を求《もと》めたけど、宇宙《うちゅう》に拒絶《きょぜつ》された。どうしてかわかる？　あんたは何《なに》も愛《あい》してないからよ。誰《だれ》ひとり愛《あい》していない。」

「違《ちが》う。」父《ちち》は娘《むすめ》を振《ふ》り返《かえ》って言《い》った。

「何《なに》それ？」ガモーラは驚《おどろ》く。「あんた泣《な》いてるの？」

ちらつく雪《ゆき》の中《なか》で、サノスの目《め》には確《たし》かに涙《なみだ》がにじんでいる。

「その涙《なみだ》はこの男《おとこ》のためじゃない。」レッド・スカルがそこで口《くち》を開《ひら》く。

「どうして？」ガモーラは近《ちか》づいてくるサノスから逃《のが》れようとする。「愛《あい》してもいないのに。」

「わたしはかつて運命《うんめい》に背《そむ》いた。二度《にど》と同《おな》じ真似《まね》はしない。」サノスは静《しず》かに言《い》う。「たとえおまえを失《うしな》っても。」

ガモーラはサノスの腰《こし》から剣《けん》を取《と》り、腹《はら》に突《つ》き刺《さ》すが、それはシャボン玉《だま》に変《か》わってしまった。

「すまない、許《ゆる》せ、娘《むすめ》よ。」サノスはそう言《い》ってガモーラの手《て》をつかむと、抵抗《ていこう》する彼女《かのじょ》を崖《がけ》の下《した》に放《ほう》り投《な》げた。雪《ゆき》が激《はげ》しく降《ふ》りだした。

「ああ。」

サノスは涙《なみだ》を浮《う》かべて娘《むすめ》を見送《みおく》った。ガモーラははるか下《した》に落《お》ちていき、岩盤《がんばん》の上《うえ》に横《よこ》たわり、動《うご》くことはない……。

ピカッ！　空《そら》に閃光《せんこう》が走《はし》った。

ヴォーミアの空《そら》が東雲色《しののめいろ》に染《そ》まった。朝《あさ》を迎《むか》えたようだ。サノスは薄暗《うすぐら》い水《みず》の中《なか》から上体《じょうたい》を起《お》こす。その右手《みぎて》にはオレンジ色《いろ》に光《ひか》り輝《かがや》く石《いし》があった。

ソウル・ストーンだ。

9　ワカンダの決戦《けっせん》

「２６００まで落《お》とせ。方位《ほうい》０３０。」ワカンダに向《む》かうクインジェットの中《なか》で、スティーブ・ロジャースは操縦席《そうじゅうせき》にいるサムに命《めい》じた。

「大丈夫《だいじょうぶ》だろうな？」サムは答《こた》える。「じゃないと、着陸《ちゃくりく》する前《まえ》に激突《げきとつ》するぞ。」

ジェット機《き》は森《もり》の中《なか》に突《つ》っこんだように見《み》えたが、光《ひかり》のゲートを抜《ぬ》けて近代的《きんだいてき》なビルが立《た》ち並《なら》ぶワカンダの都市《とし》に入《はい》った。

☆

「陛下《へいか》がワカンダを開国《かいこく》するとおっしゃったとき、こんなことは予想《よそう》していませんでした。」オコエが歩《ある》きながら国王《こくおう》ティ・チャラに言《い》う。彼《かれ》らはスティーブたちを迎《むか》えるのだ。

「じゃあ、何《なに》を予想《よそう》してたんだ？」国王《こくおう》はオコエに聞《き》く。彼《かれ》らのあとに大勢《おおぜい》の兵士《へいし》が続《つづ》く。

「オリンピック開催《かいさい》とか、スターバックス開店《かいてん》とか。」

キューン。

彼《かれ》らの前《まえ》にクインジェットが降《お》りてきた。スティーブとナターシャ・ロマノフがそこから出《で》てきてティ・チャラに歩《あゆ》み寄《よ》る。その後《うし》ろにジェームズ・ローズ、ブルース・バナー、サム・ウィルソン、ワンダ・マキシモフ、そしてヴィジョンが続《つづ》く。

「お辞儀《じぎ》したほうがいい？」

「王様《おうさま》だからな。」バナーに尋《たず》ねられ、ローディは答《こた》える。

「いつも頼《たの》みごとばかりで悪《わる》いな。」スティーブはそう言《い》ってティ・チャラと握手《あくしゅ》した。

「ん？　何《なに》やってんだ？」その後《うし》ろで丁重《ていちょう》なお辞儀《じぎ》をするバナーに、サムが言《い》う。

「いや、そういうのはいいから。」国王《こくおう》もそう言《い》ってバナーを制《せい》した。「で、どれほどの攻撃《こうげき》が予想《よそう》される？」

「かなり大規模《だいきぼ》な攻撃《こうげき》です、陛下《へいか》。」客人《きゃくじん》たちを連《つ》れて建物《たてもの》の中《なか》に向《む》かうティ・チャラに続《つづ》きながら、バナーが答《こた》える。

「戦力《せんりょく》は？」ナターシャが国王《こくおう》に尋《たず》ねる。

「キングズガードと、ボーダー族《ぞく》、ドーラ・ミラージュ、そして……半分《はんぶん》イカれた100歳《さい》の老人《ろうじん》だ。」

　そこでバッキー・バーンズ、ウィンター・ソルジャーが笑《わら》いながら姿《すがた》を見《み》せた。

「元気《げんき》か、バッキー？」今《いま》はホワイトウルフと呼《よ》ばれる長年《ながねん》の友人《ゆうじん》を、スティーブは笑顔《えがお》で抱《だ》きしめた。

「ああ、まあな。この世《よ》の終《お》わりにしてはいい。」

☆

　建物《たてもの》に入《はい》り、早速《さっそく》シュリがヴィジョンのストーンを分析《ぶんせき》する。

「どう？」寝台《しんだい》に横《よこ》たわるヴィジョンにブレスレットから青白《あおじろ》い光《ひかり》をあてて、手《て》のひらに黄色《きいろ》いマインド・ストーンの立体画像《りったいがぞう》を浮《う》かび上《あ》がらせた彼女《かのじょ》に、バナーが尋《たず》ねる。

「構造《こうぞう》が多重《たじゅう》になっている。」シュリが答《こた》える。彼女《かのじょ》は国王《こくおう》ティ・チャラの妹《いもうと》で、世《せ》界有数《かいゆうすう》の優秀《ゆうしゅう》な頭脳《ずのう》を持《も》ち、ワカンダのハイテク・ツールの数々《かずかず》を発明《はつめい》している。

「だから核《かく》ニューロンを非連続的《ひれんぞくてき》に取《と》りつけるしかなかった。」バナーが彼女《かのじょ》に言《い》う。

「どうしてシナプスが相互《そうご》に作用《さよう》するようにプログラムしなおさなかったの？」

「なぜって。」バナーが答《こた》える。「思《おも》いつかなくて。」

「最善《さいぜん》は尽《つ》くしたようね。」

「あなたできるの？」ワンダが心配《しんぱい》そうにシュリに尋《たず》ねる。

「できるけど、２兆以上《ちょういじょう》のニューロンがある。」シュリが真剣《しんけん》な顔《かお》で答《こた》える。「ひとつのミスでも全体《ぜんたい》に波及《はきゅう》して崩壊《ほうかい》してしまう。時間《じかん》をちょうだい。」

「どれくらい？」

「できるだけ。」

ピー、ピー。警戒警報《けいかいけいほう》だ。

「何《なに》かが大気圏《たいきけん》に侵入《しんにゅう》。」オコエが手《て》のひらに立体画像《りったいがぞう》を浮《う》かべて確認《かくにん》し、そう告《つ》げた。

巨大《きょだい》な物体《ぶったい》が宇宙《うちゅう》からワカンダに向《む》かっている。

「キャプテン、まずいことになってる。」外《そと》にいるサムが無線《むせん》でスティーブに伝《つた》える。

物体《ぶったい》はワカンダの街《まち》に落《お》ちる寸前《すんぜん》で、上空《じょうくう》に張《は》られた透明《とうめい》だが強力《きょうりょく》なバリアに阻《はば》まれ、大爆発《だいばくはつ》した。

「さすが。いいねえ、ここは。」サムの隣《となり》でバッキーが言《い》う。

「喜《よろこ》ぶのは早《はや》い。」サムは無線《むせん》を通《とお》して伝《つた》える。「バリアの外《そと》から次々《つぎつぎ》に来《く》るぞ。」

ガーン！　ドカーン！

宇宙《うちゅう》からの物体《ぶったい》はついにバリアを突《つ》き破《やぶ》り、ワカンダの大地《だいち》に到達《とうたつ》した。スティーブとティ・チャラが建物《たてもの》の中《なか》で不安《ふあん》げに視線《しせん》を交《か》わす。

「手遅《ておく》れだ。」ヴィジョンが言《い》った。「今《いま》すぐストーンを破壊《はかい》しましょう。」

「ヴィジョン、勝手《かって》に動《うご》かないで。」ナターシャは仲間《なかま》にそう言《い》うと、外《そと》に向《む》かった。

「何《なん》とか食《く》い止《と》めろ。」ティ・チャラは部下《ぶか》に指示《しじ》する。

「ワンダ、ストーンを取《と》り出《だ》したら、すぐに破壊《はかい》しろ。」

「任《まか》せて。」スティーブに言《い》われ、ワンダは答《こた》える。

「国民《こくみん》を避難《ひなん》させろ。防御《ぼうぎょ》を固《かた》めるんだ。」ティ・チャラはほかの者《もの》たちと外《そと》に向《む》かうが、最後《さいご》にスティーブを指《さ》して部下《ぶか》に命《めい》じた。「彼《かれ》には楯《たて》を頼《たの》む。」

☆

「科学的《かがくてき》なことを言《い》ってもわからないだろうが、こんなバカでかいリングだ。」ニダベリアのリングからポッドで浮《う》き上《あ》がってきたロケットが、無線《むせん》でソーに伝《つた》える。

「これを動《うご》かすとなると、もっとバカでかいパワーが必要《ひつよう》だ。」

「任《まか》せとけ。」ソーは高台《たかだい》からそのリングの上《うえ》に降《お》り立《た》った。

「任《まか》せとけって？」アライグマ型《がた》クリーチャーが言《い》う。「おい、ここは宇宙《うちゅう》だぞ。そんなロープだけで一体《いったい》どうやって……うわあ！」

アスガルドの王《おう》はロケットの乗《の》るポッドに縛《しば》りつけた紐《ひも》を、リングの上《うえ》で思《おも》い切《き》り振《ふ》りまわす。遠心力《えんしんりょく》でさびついたリングの軸《じく》を回転《かいてん》させようというのか？

「エンジン点火《てんか》！」アスガルドの王《おう》は大声《おおごえ》を上《あ》げる。ポッドに引《ひ》きずられて、リングの上《うえ》から落《お》ちそうになるが、必死《ひっし》に踏《ふ》ん張《ば》って指示《しじ》を出《だ》す。「もっと！　パワーを出《だ》せ！　ウサギ！」

ロケットは出力《しゅつりょく》を全開《ぜんかい》にする。……ついに軸《じく》が動《うご》き出《だ》した。リングが回転《かいてん》し始《はじ》めた。

「やったな、あいつめ。」リングが強烈《きょうれつ》な光《ひかり》を発《はっ》するのを工房《こうぼう》から見《み》て、エイトリが言《い》った。

「あれがニダベリアだ。」近《ちか》づいてきたポッドの操縦席《そうじゅうせき》にいるロケットに、ソーがうれしそうに言《い》った。

ロケットも目《め》を輝《かがや》かせる。軸《じく》からオレンジ色《いろ》の強烈《きょうれつ》な光《ひかり》が周《まわ》りのリングに向《む》かって伸《の》びていく。伝説《でんせつ》の武器工場《ぶきこうじょう》ニダベリアがついに復活《ふっかつ》したのだ……。

……だが、突然《とつぜん》すべての光《ひかり》が消《き》えてしまう。

「まずい。」工房《こうぼう》でエイトリがつぶやく。

「まずい？」ロケットがその声《こえ》を聞《き》き、尋《たず》ねた。「何《なに》がだ？」

「メカニズムがイカれたようだ。」

「何《なに》？」ソーも思《おも》わず声《こえ》を上《あ》げる。

「絞《しぼ》りが閉《と》じてしまえば、おれは金属《きんぞく》を熱《ねっ》することができない。」

「熱《ねっ》するのにかかる時間《じかん》は？」アスガルドの王《おう》はエイトリに尋《たず》ねる。

「2〜3分《ぷん》、もっとかかるかも。」ニダベリアの最後《さいご》の職人《しょくにん》は答《こた》える。この絞《しぼ》りを開《ひら》

かない限《かぎ》り、数分《すうふん》かけて金属《きんぞく》を熱《ねっ》することもできないということか？

「おれがこじ開《あ》ける。」ソーは立《た》ちあがり、意《い》を決《けっ》して言《い》う。

「死《し》んじまうぞ。」エイトリは驚《おどろ》く。

「斧《おの》なしでサノスと戦《たたか》えない。」アスガルドの王《おう》はそう言《い》って中央《ちゅうおう》の軸《じく》に向《む》かって飛《と》んだ。「ヤー！」

☆

ワカンダでは何台《なんだい》もの最新《さいしん》の兵器《へいき》が、宇宙《うちゅう》から落《お》ちてきた謎《なぞ》の物体《ぶったい》に向《む》かって飛《と》んでいく。

「どう？　ブルース。」

「ああ、コツがわかってきた。」その1台《だい》の兵器《へいき》に乗《の》るナターシャに尋《たず》ねられ、バナーが答《こた》える。「ああ、すごいよ、これ！」

ハルクに変身《へんしん》できない彼《かれ》は、プレトリアでハルクを鎮《しず》めるためにトニーが使《つか》い、その後《ご》共同《きょうどう》で改良《かいりょう》したアイアンマン・スーツ「ハルクバスター2・0」を使用《しよう》している。「変身《へんしん》しなくてもハルクになった気分《きぶん》だ。」

そう言《い》ってバナーはハルクバスターで走《はし》り出《だ》すが、何《なに》かにつまずいて転《ころ》がってしまう。「大丈夫《だいじょうぶ》だ。大丈夫《だいじょうぶ》、大丈夫《だいじょうぶ》。」

脇《わき》を通《とお》り過《す》ぎる兵器《へいき》の上《うえ》からオコエがあきれたように見《み》おろす。

「赤外線反応《せきがいせんはんのう》がふたつ侵入《しんにゅう》した。」ウォーマシンのアイアンマン・スーツを身《み》につけたジェームズ・ローズが上空《じょうくう》から無線《むせん》で告《つ》げる。ベルリンでヴィジョンの誤爆《ごばく》で大怪《おおけ》我《が》をした彼《かれ》だが、厳《きび》しいリハビリによってほぼ回復《かいふく》したようだ。

「バーファ！　ヤッフッフ。バーファ！　ヤッフッフ……。」

ワカンダの兵士《へいし》たちを乗《の》せた輸送機《ゆそうき》が大地《だいち》に降《お》り立《た》つと、すでにジャバリ族《ぞく》が集結《しゅうけつ》していた。

「ありがとう、ともに立《た》ちあがろう。」ティ・チャラはそのリーダー、エムバクと握《あく》手《しゅ》する。

「ムホイテ（もちろんだ、ブラザー）。」エムバクは力強《ちからづよ》く答《こた》える。

ふたりは抗争《こうそう》を繰《く》り広《ひろ》げたこともあったが、今《いま》はワカンダのためにともに立《た》ちあがったのだ。

宇宙《うちゅう》からの敵《てき》のリーダーは、あのプロキシマ・ミッドナイトだ。サノス軍団《ぐんだん》の最強《さいきょう》の女戦士《おんなせんし》は剣《けん》を取《と》り出《だ》し、ワカンダのバリアを確認《かくにん》する。

その彼女《かのじょ》の元《もと》に、スティーブ、ナターシャ、ティ・チャラが向《む》かう。

「あのときの友達《ともだち》はいないの？」ナターシャが尋《たず》ねる。すでに臨戦態勢《りんせんたいせい》にある地球《ちきゅう》の美《うつく》しい暗殺者《あんさつしゃ》ブラック・ウィドウは、スコットランドで対決《たいけつ》し、致命傷《ちめいしょう》を負《お》わせたコーヴァス・グレイヴのことを指《さ》して言《い》っているのだ。

だが、ミッドナイトの脇《わき》にはカル・オブシディアンがいた。この鋼鉄《こうてつ》の巨人《きょじん》はニューヨークでウォンに異次元《いじげん》に飛《と》ばされたはずだが、生《い》きていたのか。

「おまえたちは報《むく》いを受《う》けることになる。」ミッドナイトはバリア越《ご》しに答《こた》える。「ストーンはサノスのものだ。」

「そうはさせない。」スティーブは静《しず》かに言《い》う。

「ここはわが国《くに》、ワカンダ。」国王《こくおう》ティ・チャラも宇宙《うちゅう》からの刺客《しかく》にきっぱり言《い》う。

「サノスは塵《ちり》となって消《き》えるだけだ。」

「血《ち》なんてこっちはいくらでも流《なが》せる。」ミッドナイトはそう言《い》うと、剣《けん》を突《つ》き上《あ》げた。「ヤー!」

　それを受《う》けて、宇宙《うちゅう》から降《ふ》ってきたいくつもの謎《なぞ》の物体《ぶったい》がむくむくと天《てん》に向《む》かって山《やま》のように伸《の》びていく。ワカンダの兵士《へいし》たちはそれを不安《ふあん》げに見《み》つめた。

「降伏《こうふく》するって?」彼《かれ》らの元《もと》に戻《もど》ったスティーブに、ホワイトウルフとして復活《ふっかつ》したバッキーが尋《たず》ねた。

「それはない。」スティーブが答《こた》える。

　グォー!　ギイ!　謎《なぞ》の物体《ぶったい》から薄気味悪《うすきみわる》い生物《せいぶつ》が無数《むすう》に飛《と》び出《だ》してきた。

「イバンベ!」「イバンベ!」「イバンベ!」「イバンベ!」

　ティ・チャラの掛《か》け声《ごえ》に、エムバクとジャバリ族《ぞく》を含《ふく》む、すべてのワカンダの戦士《せんし》がこたえる。

　ミッドナイトが剣《けん》を振《ふ》りおろすと、宇宙《うちゅう》からの生物《せいぶつ》がついに森《もり》から姿《すがた》を見《み》せた。

「なんだ、ありゃ?」それを見《み》て、ホワイトウルフがつぶやく。

「怒《おこ》らせちゃったみたいね。」それを聞《き》いて、スティーブの隣《となり》に立《た》っていたブラック・ウィドウがつぶやく。

宇宙《うちゅう》からの生物《せいぶつ》は無数《むすう》に湧《わ》き出《だ》してきて彼《かれ》らに向《む》かって突進《とっしん》するが、ワカンダのバリアに阻《はば》まれ、何体《なんたい》かは息絶《いきた》えた。

「死《し》んでも構《かま》わないの？」オコエが思《おも》わずつぶやく。

このトカゲのような生物《せいぶつ》は遺伝子操作《いでんしそうさ》によって作《つく》り出《だ》された〝アウトライダーズ〟だ。彼《かれ》らは命令《めいれい》を受《う》ければ迷《まよ》うことなく命《いのち》を差《さ》し出《だ》す。

アウトライダーズの何体《なんたい》かがついにバリアを突《つ》き破《やぶ》った。ワカンダの兵士《へいし》たちはエネルギーの楯《たて》を構《かま》えて、彼《かれ》らの襲撃《しゅうげき》に備《そな》える。

「クモン。」ティ・チャラが声《こえ》を上《あ》げる。ついに戦《たたか》いの火《ひ》ぶたが切《き》られた。

ホワイトウルフ、ハルクバスターを身《み》につけたバナー、さらに多《おお》くの兵《へい》が宇宙《うちゅう》からの敵《てき》に向《む》かって銃撃《じゅうげき》を開始《かいし》する。

「あいつらの歯《は》を見《み》たか？」上空《じょうくう》からサム・ウィルソン、ファルコンも砲撃《ほうげき》する。

「戻《もど》れ、サム。翼《つばさ》を焼《や》かれるぞ。」ローディ、ウォーマシンがそれに答《こた》える。

敵《てき》の数《かず》は想像以上《そうぞういじょう》だ。そして砲撃《ほうげき》を受《う》けて炎《ほのお》に包《つつ》まれながらも突進《とっしん》を続《つづ》ける。これだけたくさんの強力《きょうりょく》な敵《てき》を押《お》さえこめるのか？

「キャプテン、後《うし》ろに回《まわ》りこまれたらまずい。」ファルコンが無線《むせん》でスティーブに告《つ》げる。「ヴィジョンを守《まも》る者《もの》がいないぞ。」

「なら、回《まわ》りこませなければいい。」そうつぶやくスティーブに、オコエが尋《たず》ねる。

「どうやって？」

「バリアを開《あ》けよう。」ティ・チャラはそう言《い》うと、耳《みみ》に差《さ》したイヤホンを押《お》さえて、無線《むせん》で部下《ぶか》に伝《つた》える。「合図《あいず》したら、北西《ほくせい》のセクション17を開《あ》けるんだ。」

「陛下《へいか》、確認《かくにん》願《ねが》います。」それを聞《き》いた女性《じょせい》の部下《ぶか》が尋《たず》ねる。「バリアを開《あ》けるのですか？」

「合図《あいず》したらな。」ティ・チャラは動《どう》じずに答《こた》える。

「ワカンダ最後《さいご》の日《ひ》になるか。」エムバクは脇《わき》でつぶやく。

「なら、歴史《れきし》に残《のこ》る尊《とうと》い戦《たたか》いにしましょう。」オコエも覚悟《かくご》を決《き》める。

「ブーラ！」ティ・チャラはそう言《い》って、エネルギーの楯《たて》をおろしたワカンダの兵士《へいし》の1歩《ぽ》前《まえ》に立《た》つ。

「ワカンダよ、永遠《フォーエバー》に！」そう叫《さけ》ぶと、ブラックパンサーに変身《へんしん》し、先頭《せんとう》に立《た》って敵《てき》に向《む》かった。

兵士《へいし》たちも「ウォー。」と声《こえ》を上《あ》げてそれに続《つづ》く。

ワカンダの大勢《おおぜい》の兵士《へいし》たちと、サノスが送《おく》りこんだ強力強大《きょうりょくきょうだい》な集団《しゅうだん》が、美《うつく》しいワカンダの大地《だいち》で今《いま》まさに激突《げきとつ》した。

「今《いま》だ！」ブラックパンサーはそう言《い》って、バリアの一部《いちぶ》を開《あ》けさせた。

そこから侵入《しんにゅう》してくる敵《てき》に、スティーブが、ブラックパンサーが飛《と》びかかる。両軍《りょうぐん》入《い》り乱《みだ》れての攻防《こうぼう》だ。敵《てき》と味方《みかた》の区別《くべつ》もつかない。

「あとどのくらいかかる、シュリ？」ブラックパンサーが腕《うで》に巻《ま》いた無線《むせん》で妹《いもうと》に尋《たず》ねる。

「始《はじ》めたばかりよ、兄《にい》さん。」

「急《いそ》いだほうがいいかもな。」兄《あに》はシュリの返事《へんじ》を聞《き》いて再《ふたた》び戦《たたか》いに戻《もど》った。

シュリは最新《さいしん》のハイテクを駆使《くし》してヴィジョンのストーンを取《と》り出《だ》そうとする……。

☆

「父《ちち》よ、われに力《ちから》を。」ソーはニダベリアのリングの中央《ちゅうおう》の軸《じく》の上《うえ》に立《た》っていた。

「わかってるのか？」エイトリが彼《かれ》に声《こえ》をかける。「星《ほし》が持《も》つパワーが一気《いっき》に流《なが》れこんでくるんだぞ。死《し》んでしまうぞ。」

「おれが死《し》ねるならな。」

「ああ、確《たし》かに。」エイトリも賛同《さんどう》する。「おまえが死《し》ねるならな。」

ソーは両側《りょうがわ》の軸《じく》をつかんで引《ひ》き寄《よ》せ、軸《じく》の絞《しぼ》りをこじ開《あ》けようとする。その瞬間《しゅんかん》、ニダベリアの星《ほし》が放《はな》つすべてのエネルギーがソーに向《む》かって飛《と》んできた。

「うおおおお！」

「いいぞ、踏《ふ》ん張《ば》れ、ソー！」エイトリは軸《じく》が動《うご》き出《だ》すのを見《み》て、工房《こうぼう》の炉《ろ》に向《む》かう。

星《ほし》のエネルギーは相当《そうとう》なものだ。ソーは軸《じく》を必死《ひっし》にあわせようとするが、体《からだ》が焼《や》けおちてしまいそうだ。

だが、エイトリの目《め》の前《まえ》でついに炉《ろ》が燃《も》え上《あ》がった。そしてそこからドロドロとニダベリアのエネルギーが流《なが》れ出《だ》し、あの「型《かた》」に収《おさ》まった。

アスガルドの王《おう》はついに力尽《ちからつ》き、意識《いしき》を失《うしな》って宇宙《うちゅう》に飛《と》び出《だ》してしまう。ロケットがポッドで急《いそ》いで救出《きゅうしゅつ》に向《む》かい、何《なに》かにぶつかって跳《は》ね返《かえ》ったところを船内《せんない》にうまく取《と》りこんだ。

「ソー、何《なん》とか言《い》えよ、おい。」ロケットが急《いそ》いで駆《か》けつけて王《おう》の生死《せいし》を確認《かくにん》する。

「ソー、大丈夫《だいじょうぶ》か？」ソーは黒焦《くろこ》げの状態《じょうたい》で動《うご》かない。「死《し》にかけてるぞ。」工房《こうぼう》のエイトリに呼《よ》びかける。

「斧《おの》を作《つく》ってやらねば。」エイトリは型《かた》からエネルギーを出《だ》し、サノスに不自由《ふじゆう》にされた腕《うで》を必死《ひっし》に動《うご》かして形《かたち》を整《ととの》えた。

「柄《え》はどこだ？」だがそれを振《ふ》りまわす柄《え》がない。エイトリはグルートに呼《よ》びかける。「木《ツリー》、おまえも探《さが》してくれ。」

グルートはついに立《た》ちあがり、左手《ひだりて》の枝《えだ》を伸《の》ばしてふたつに分《わ》かれていた熱《あつ》くたぎる斧《おの》をつなぎ合《あ》わせた。そしてその左腕《ひだりうで》を持《も》ち上《あ》げると、「ワアアア！」と声《こえ》を上《あ》げて、右手《みぎて》で肘《ひじ》のあたりから断《た》ち落《お》とした。グルートの左腕《ひだりうで》がストームブレイカーの柄《え》になったのだ！

ポッドの中《なか》でソーの右手《みぎて》が動《うご》き、開《ひら》かれた。ストームブレイカーが浮《う》かび上《あ》がった。

☆

ワカンダでは大激戦《だいげきせん》が続《つづ》く。だが、スティーブもホワイトウルフもブラックパンサーも苦戦《くせん》を強《し》いられていた。ウォーマシンは上空《じょうくう》から砲撃《ほうげき》するが、何者《なにもの》かの攻撃《こうげき》を受《う》けて撃《う》ち落《お》とされる。カル・オブシディアンの斧《おの》を受《う》けてしまったのだ。

鋼鉄《こうてつ》の軍団《ぐんだん》アウトライダーズに、ワカンダ軍《ぐん》は切《き》り裂《さ》かれつつあった。ハルクバスターも倒《たお》されて、大軍《たいぐん》に襲《おそ》いかかられている。

「敵《てき》が多《おお》すぎる！」その中《なか》でバナーが声《こえ》を上《あ》げる。ハルクバスターのマスクもはぎとられてしまいそうだ！

バ――――ン！

なんだ？　まるで強力《きょうりょく》な雷《かみなり》が落《お》ちてきたようだ。

アウトライダーズの動《うご》きは止《と》まり、光《ひかり》を放《はな》つ斧《おの》のようなものがものすごいスピードで動《うご》きまわり、スティーブ、ブラックパンサー、ハルクバスターほか、ワカンダ軍《ぐん》とアベンジャーズを押《お》さえこんでいた敵《てき》を一気《いっき》に吹《ふ》っ飛《と》ばした。

バシッ！

その光《ひか》る斧《おの》を、最後《さいご》に何者《なにもの》かが手《て》にした。

ソーだ！

肩《かた》の上《うえ》にはロケットが、脇《わき》にはグルートが立《た》っている。

ニダベリアでエイトリが作《つく》ったストームブレイカーは、虹《にじ》の通路《つうろ》を呼《よ》び出《だ》すこともできるのだ。それを通《とお》って3人《にん》は一瞬《いっしゅん》にして地球《ちきゅう》のワカンダに降《お》り立《た》った。

ロケットがソーの肩《かた》から降《お》りて、レーザー銃《じゅう》を構《かま》える。

ブラック・ウィドウが、スティーブが、ブラックパンサーが、彼《かれ》らの姿《すがた》を頼《たの》もしそうに見《み》つめた。

「ハッハッハ！」バナーがハルクバスターのマスクを取《と》って大声《おおごえ》を上《あ》げる。「どうだ、おまえら、もう終《お》わりだ！」

プロキシマ・ミッドナイトはカル・オブシディアンの脇《わき》で表情《ひょうじょう》をゆがめた。

「サノスを呼《よ》んでこい！」

雷神降臨《らいじんこうりん》だ。青白《あおじろ》い光《ひかり》に包《つつ》まれたソーは大声《おおごえ》を上《あ》げて敵《てき》に向《む》かって駆《か》け出《だ》す。

「ウアアアア！」グルートもロケットもともに駆《か》け出《だ》す。
ソーは空高《そらたか》く飛《と》び上《あ》がり、地面《じめん》に新《あたら》しい武器《ぶき》を振《ふ》りおろした。
バキバキバキバキバキ！
ストームブレイカーは光《ひかり》を放《はな》ち、周《まわ》りにいたアウトライダーズを一気《いっき》になぎ倒《たお》した。

10　タイタンの死闘《しとう》

青《あお》い闇《やみ》の中《なか》からサノスが出《で》てきた。タイタン星《せい》にやってきたのだ。

「なるほど。」すでにインフィニティ・ストーンを４つ手《て》にした男《おとこ》を、ドクター・ストレンジが迎《むか》える。「いかにもサノスって顔《かお》だな。」

魔術師《まじゅつし》は廃墟《はいきょ》と化《か》した館《やかた》の脇《わき》に腰《こし》をおろしている。

「エボニー・マウは死《し》んだか？」自分《じぶん》がもっとも信頼《しんらい》を寄《よ》せていたかつての部下《ぶか》について、サノスは尋《たず》ねた。アイアンマンとアイアン・スパイダーによって永遠《えいえん》の宇宙《うちゅう》の放浪者《ほうろうしゃ》にされたのだ。「今日《きょう》は大《おお》きな犠牲《ぎせい》を払《はら》った。だが、マウは使命《しめい》を果《は》たしたな。」

鉄《てつ》の巨人《きょじん》が次《つぎ》に求《もと》めるのは、ドクター・ストレンジが胸《むね》につけた〝アガモットの目《め》〟に隠《かく》されたタイム・ストーンだ。

「せいぜい後悔《こうかい》するがいい。」ストレンジはそんな訪問者《ほうもんしゃ》を動《どう》じることなく見《み》つめて言《い》う。「その部下《ぶか》のおかげでおまえは最強《さいきょう》の魔術師《まじゅつし》と対峙《たいじ》することになったのだからな。」

「ここはどこだと思《おも》う？」

「さあな。」建物《たてもの》は崩壊《ほうかい》し、人《ひと》の姿《すがた》がまったくない風景《ふうけい》を見回《みまわ》して、ストレンジが答《こた》える。「きみの故郷《こきょう》か？」

「そうだ。美《うつく》しい星《ほし》だった。」サノスはそう言《い》うと、片足《かたあし》を立《た》ててガントレットの小《こ》指《ゆび》の下《した》につけたオレンジ色《いろ》のソウル・ストーンから光《ひかり》を発《はっ》した。

すると、青空《あおぞら》が広《ひろ》がり、地上《ちじょう》には近代的《きんだいてき》な建物《たてもの》と人々《ひとびと》が行《い》き交《か》う、かつてのタイタンが現《あらわ》れた。

「タイタンはほかの星《ほし》と同《おな》じように、人口増加《じんこうぞうか》と食糧難《しょくりょうなん》にあえいでいた。だからわたしは滅《ほろ》びる前《まえ》に手《て》を打《う》った。」

「虐殺《ぎゃくさつ》でか？」

「無差別《むさべつ》にな。金持《かねも》ちも貧乏人《びんぼうにん》も分《わ》け隔《へだ》てなく。」サノスはその世界《せかい》を見渡《みわた》しながら話《はなし》を続《つづ》ける。「わたしはおそれられたが、予想通《よそうどお》りの未来《みらい》を実現《じつげん》した。」

そう言《い》い終《お》えると、再《ふたた》び風景《ふうけい》は廃墟《はいきょ》となった現在《げんざい》のタイタンに戻《もど》った。

「おめでとう。」ストレンジは腰《こし》をおろしたままサノスに言《い》う。「きみは晴《は》れて予言者《よげんしゃ》になった。」

「わたしは生《い》き抜《ぬ》いた。」

「そして何兆人《なんちょうにん》も殺《ころ》すというわけか？」

「6つのストーンがあれば、指《ゆび》を鳴《な》らすだけで、命《いのち》を消《け》すことができる。」サノスはまさに右手《みぎて》を鳴《な》らしてそう言《い》った。「そう、これは……慈悲《じひ》だ。」

「そのあとはどうなる？」ストレンジは立《た》ちあがり、サノスに近《ちか》づく。

「ようやく休《やす》める。」サノスの表情《ひょうじょう》はどこかさびしそうに見《み》える。「新《あら》たな宇宙《うちゅう》の夜明《よあ》けを眺《なが》めるさ。つらい道《みち》を選《えら》ぶには強《つよ》い意志《いし》が必要《ひつよう》だ。」

「われわれの意志《いし》だって同《おな》じくらい強《つよ》い。」ストレンジはそう言《い》うと、オレンジ色《いろ》の魔《ま》法陣《ほうじん》をふたつ繰《く》り出《だ》した。

「われわれの？」サノスはそう言《い》って上空《じょうくう》を見上《みあ》げた。

ガッガーーーン！

アイアンマンが巨大《きょだい》な鉄《てつ》の塊《かたまり》をサノスめがけて落《お》とした。

「楽勝《らくしょう》だな、クイル？」

「ああ、怒《おこ》らせるところまではな。」クイルはヘルメットマスクをつけてスター・ロードになり、アイアンマンに続《つづ》いて飛《と》び立《た》つ。

「うおおおお！」サノスは巨大《きょだい》な鉄《てつ》の塊《かたまり》の下敷《したじ》きになったが、まるでこたえない。怒《いか》りがいきなり絶頂《ぜっちょう》に達《たっ》し、ガントレットからエネルギーを発《はっ》して周《まわ》りにある物体《ぶったい》を粉々《こなごな》につぶしてアイアンマンに投《な》げつけた。

　地球《ちきゅう》の鋼鉄《こうてつ》のヒーローはたまらず後退《こうたい》するが、怒《いか》れる巨人《きょじん》の顔《かお》に何者《なにもの》かが白《しろ》いものをぺたんと投《な》げつけて、キックを食《く》らわせた。アイアン・スパイダーだ。

「うおお！」サノスの視界《しかい》が封《ふう》じられた隙《すき》に、ドラックスが雄《お》たけびを上《あ》げて剣《けん》で襲《おそ》いかかり、その脚《あし》をザクッと切《き》りつける。ガーディアンズの巨人《きょじん》はさらにもう一撃《いちげき》食《く》らわせようとするが、それは弾《はじ》き飛《と》ばされたものの、今度《こんど》はドクター・ストレンジがエネルギーの剣《けん》で斬《き》りかかる。だが、サノスはようやく顔《かお》につけられた白《しろ》いものをはがし、魔術師《まじゅつし》を蹴飛《けと》ばす。

　それでも、アベンジャーズ&《アンド》ガーディアンズの急造《きゅうぞう》チームのコンビネーションは完《かん》壁《ぺき》だ。サノスの背後《はいご》からスター・ロードが銃《じゅう》を浴《あ》びせたところで、ストレンジが円形《えんけい》の魔法陣《まほうじん》を投《な》げつける。サノスはそれを避《よ》けるが、後《うし》ろからポンポンと飛《と》んできたスター・ロードがその魔法陣《まほうじん》の上《うえ》に飛《と》び乗《の》り、巨人《きょじん》が振《ふ》り向《む》いたところでその背中《せなか》に時限爆弾《げんばくだん》を仕掛《しか》ける。

「ドカン！」スター・ロードはマスクを取《と》り、右手《みぎて》の中指《なかゆび》を立《た》てて、ストレンジが作《つく》った光《ひかり》のゲートに仰向《あおむ》けに倒《たお》れて消《き》えてゆく。

バーン！

爆弾《ばくだん》が爆発《ばくはつ》し、さすがのサノスも倒《たお》れこんだ。

「手《て》を閉《と》じさせるな。」ストレンジは浮遊《ふゆう》マントに命《めい》じ、サノスのガントレットを封《ふう》じさせるように命《めい》じた。

マントが巨人《きょじん》の左手《ひだりて》のガントレットに巻《ま》きつくと、魔術師《まじゅつし》は右手《みぎて》をくるくると動《うご》かして締《し》めつける。

「ああ！」

動《うご》きが取《と》れなくなった巨人《きょじん》に、アイアン・スパイダーがキックを浴《あ》びせる。

「魔法《まほう》だ！　もう一丁《いっちょう》！　魔法《まほう》でキック！」スパイダーはすばやい動《うご》きで数回蹴《すうかいけ》りを入《い》れる。「魔法《まほう》で……ああ。」だが、ついに捕《と》らえられてしまった。

「虫《むし》けらめ！」激高《げきこう》した巨人《きょじん》は右手《みぎて》でアイアン・スパイダーの首《くび》を絞《し》めつけ、その体《からだ》を地面《じめん》に叩《たた》きつけてからストレンジに向《む》かって投《な》げつけた。

さらにその手《て》で浮遊《ふゆう》マントも切《き》り裂《さ》いた。だが、マントの半分《はんぶん》はまだガントレットに貼《は》りついたままで、残《のこ》り半分《はんぶん》はどこかに飛《と》んでいった。

怒《いか》れる巨人《きょじん》はマントが貼《は》りついたままガントレットをストレンジたちに向《む》けようとするが、上空《じょうくう》から強力《きょうりょく》な砲撃《ほうげき》を受《う》ける。アイアンマンだ！

サノスは炎《ほのお》に包《つつ》まれるが、マントが巻《ま》かれて燃《も》え上《あ》がるガントレットを地球《ちきゅう》のヒーローに向《む》け、同《おな》じように炎《ほのお》で包《つつ》む。アイアンマンはたまらず退却《たいきゃく》するが、ガントレットにアイアン・スパイダーがウェブを飛《と》ばす。巨人《きょじん》はスパイダーを引《ひ》き寄《よ》せて右手《みぎて》で殴《なぐ》りつけて糸《いと》を断《た》ち切《き》るが、その瞬間《しゅんかん》、何《なに》かが脚《あし》のあたりに飛《と》んできて倒《たお》れこむ。立《た》ちあがったところを、何者《なにもの》かが切《き》りつけた。

ネビュラだ！

「おやおや。」意外《いがい》な敵《てき》の出現《しゅつげん》にサノスはやや驚《おどろ》いた様子《ようす》を見《み》せた。

「殺《ころ》しとけばよかったね。」

「部品《ぶひん》が無駄《むだ》になっただけだ！」

「ガモーラはどこ？」

サノスは斬《き》りかかる娘《むすめ》に動《どう》じることはなく、殴《なぐ》り飛《と》ばす。だが、ストレンジが数本《すうほん》のエネルギーの鞭《むち》を投《な》げつけて、最強《さいきょう》の敵《てき》の左手《ひだりて》をついに縛《しば》りつけた。動《うご》きが止《と》まったところでドラックスが滑《すべ》りこんで脚《あし》を蹴《け》り上《あ》げ、よろめいたところをスター・ロードが右手《みぎて》をレーザーの綱《つな》で地面《じめん》に縛《しば》りつけ、アイアン・スパイダーがウェブを体《からだ》に巻《ま》きつける。

「ぐあああ！」さすがのサノスも動《うご》けない。

スパイダーは敵《てき》の胴体《どうたい》を引《ひ》っ張《ぱ》り、クモ脚《あし》アームを出《だ》して背後《はいご》の地面《じめん》に突《つ》き刺《さ》してしっかり固定《こてい》する。そしてストレンジが上空《じょうくう》にゲートを開《ひら》き、そこからマンティスが降《お》りてきて、動《うご》きの止《と》まった巨人《きょじん》の肩《かた》に飛《と》び乗《の》る。共感能力《エンパシー》の使《つか》い手《て》である彼女《かのじょ》は両手《りょうて》をサノスのこめかみにあてて眠《ねむ》らせようとする。

「ぐあああああ！」左手《ひだりて》をいつのまにかやってきたアイアンマン、胴体《どうたい》をウェブでアイアン・スパイダー、右手《みぎて》を今度《こんど》はエネルギーの鞭《むち》でストレンジ、そして頭《あたま》をマンティスに押《お》さえつけられ、巨人《きょじん》は苦《くる》しそうだ。

「そのまま続《つづ》けろ。」アイアンマンが指示《しじ》を出《だ》す。

「早《はや》くして。」マンティスが大《おお》きな声《こえ》で言《い》う。「この人《ひと》とても強《つよ》い。」

「パーカー、頼《たの》む。」アイアンマンはそう言《い》って、スパイダーとサノスのガントレットを引《ひ》きはがそうとする。「手《て》を貸《か》せ。早《はや》くしないと彼女《かのじょ》がもたない。」

「う―――！」サノスは陥落寸前《かんらくすんぜん》だ。

「捕《つか》まえたぞ。」スター・ロードが飛《と》んできて、マスクを取《と》って捕《と》らえた敵《てき》に笑《え》みを浮《う》かべて言《い》う。「これはおれの作戦《さくせん》だ。」続《つづ》けてクイルは顔《かお》を近《ちか》づけて聞《き》く。「だいぶ弱《よわ》ってるな。おれのガモーラはどこだ？」

「わたしのガモーラだ……。」サノスは苦《くる》しそうに答《こた》える。

「違《ちが》う。クソ野郎《やろう》！」クイルはさらに尋《たず》ねる。「彼女《かのじょ》はどこにいる？」

「……この人《ひと》、すごく苦《くる》しんでる。」マンティスが巨人《きょじん》の肩《かた》の上《うえ》から言《い》う。

「いいぞ。」クイルはさらに締《し》めあげろとばかりに言《い》う。

「……そして悲《かな》しんでる。」マンティスのその言葉《ことば》を聞《き》いて、

「なんでだ！」足元《あしもと》を押《お》さえているドラックスが声《こえ》を荒《あら》らげる。「この怪物《かいぶつ》が何《なに》を悲《かな》しむ！」

「ガモーラ……。」

「え？」最愛《さいあい》の女性《じょせい》の名《な》をつぶやくネビュラにクイルは顔《かお》を向《む》ける。

「……ふたりはヴォーミアへ行《い》って、そいつはストーンを持《も》ち帰《かえ》った。ガモーラは……。」

「おい、クイル。」ネビュラが言《い》うのを聞《き》いて表情《ひょうじょう》を硬《かた》くするクイルに、アイアンマン・マスクを消《け》してトニーが話《はな》しかける。

「冷静《れいせい》になれ、いいな。」トニーはあわてる。「おい、よせ！ 手《て》を出《だ》すな！ もう少《すこ》しで外《はず》れる！」

「嘘《うそ》だと言《い》え。」クイルはガモーラのことしか頭《あたま》にない。「クソ野郎《やろう》、きさまガモーラを殺《ころ》してないよな？」

「……ああ……こ、殺《ころ》した……。」

「嘘《うそ》だと言《い》え。嘘《うそ》だと……。」苦《くる》しそうに言葉《ことば》を吐《は》き出《だ》したサノスを、ガーディアンズのリーダーは怒鳴《どな》りつける。「言《い》え！」

バン！　ガン！　クイルはもはや感情《かんじょう》をコントロールできない。サノスの顔《かお》を数度《すうど》殴《なぐ》りつける。

「よせ、クイル！　やめろ！」

「もうちょいだ、外《はず》れる、外《はず》れる……。」アイアンマンもアイアン・スパイダーもそう言《い》って、必死《ひっし》にようやく捕《と》らえた最強《さいきょう》の敵《てき》を押《お》さえこもうとする。

「まずい……。ああ……。」

アイアンマンもスパイダーも弾《はじ》き飛《と》ばされ、そしてマンティスははるか遠《とお》くに投《な》げ飛《と》ばされてしまう。スパイダーがそれに気《き》づいて彼女《かのじょ》に抱《だ》きつき、クモ脚《あし》アームを出《だ》して地上《ちじょう》に踏《ふ》みとどまる。

自由《じゆう》になったサノスは足元《あしもと》のドラックスをクイルに投《な》げつける。ドクター・ストレンジはエネルギーの長《なが》い鞭《むち》で対抗《たいこう》するが、逆《ぎゃく》に投《な》げ飛《と》ばされてしまう。アイアンマンは空爆《くうばく》するが、サノスはものともせず、迫《せま》りくるスター・ロード、ドラックス、マンティスにガントレットを向《む》けて蹴散《けち》らす。

その突《つ》き出《だ》した左手《ひだりて》をアイアンマンが上空《じょうくう》から攻撃《こうげき》し、さらに地上《ちじょう》に降《お》り立《た》って武器《ぶき》を手《て》にして襲《おそ》いかかるが、サノスは弾《はじ》き飛《と》ばす。そしてガントレットを空《そら》に向《む》けて上《あ》げて、おそろしいことをする。

タイタンの衛星《えいせい》をつかんで粉々《こなごな》にし、それを地球《ちきゅう》のヒーローに向《む》かって投《な》げつけたのだ！

ガーン！　バ――――ン！

地球《ちきゅう》ではまず考《かんが》えられないすさまじい攻撃《こうげき》を受《う》けて、アイアンマンも、そしてほかのメンバーも必死《ひっし》に逃《に》げまどう。

11　ヴィジョンを守《まも》れ！

その頃《ころ》、地球《ちきゅう》のワカンダではシュリがヴィジョンのマインド・ストーンを取《と》り出《だ》そうと必死《ひっし》に作業《さぎょう》を進《すす》めていた。ワンダが心配《しんぱい》そうにそれを見守《みまも》っている。

外《そと》ではサノス軍団《ぐんだん》とワカンダ軍《ぐん》の大激戦《だいげきせん》が続《つづ》いている。猛威《もうい》をふるうカル・オブシディアンに、ブラックパンサーが殴《なぐ》りかかる。

「……ああ、かかってこい！　ワンコどもめ！」ロケットはそう言《い》って銃《じゅう》をぶっ放《ぱな》す。「どうした、どうした！」

ホワイトウルフも両手《りょうて》の銃《じゅう》で敵《てき》を蹴散《けち》らす。

「おい、その銃《じゅう》いくらだ？」

「売《う》り物《もの》じゃない。」ロケットに尋《たず》ねられ、元《もと》ウィンター・ソルジャーは答《こた》える。

「じゃあ、その腕《うで》はいくらだ？」重《かさ》ねて尋《たず》ねるロケット。

「あとでいただくか。」ホワイトウルフは今度《こんど》は答《こた》えずに行《い》ってしまったので、ロ

ケットはぼそりとつぶやいた。

ストームブレイカーを手《て》にしたソーはまさに鬼神《きじん》の活躍《かつやく》だ。敵《てき》を次々《つぎつぎ》になぎ倒《たお》す。

「髪切《かみき》ったのか？」スティーブ・ロジャースがそんな彼《かれ》に声《こえ》をかける。

「おれの髭《ひげ》を真似《まね》したろ？」ソーは答《こた》える。

「ガアア！」グルートが枝《えだ》を伸《の》ばして敵《てき》を数名串刺《すうめいくしざ》しにする。

「紹介《しょうかい》しよう、友達《ともだち》の木《ツリー》と……。」

「おれはグルート！」ソーが紹介《しょうかい》しようとすると、グルートが挨拶《あいさつ》する。

「ぼくはスティーブ・ロジャースだ。」

ガ――ン！ ガラガラガラ。

戦場《せんじょう》が盛《も》り上《あ》がり、地面《じめん》の下《した》から巨大《きょだい》な鉄《てつ》の車輪《しゃりん》がいくつも突《つ》き出《だ》してきた。それが地面《じめん》に出《で》ると、ワカンダの戦士《せんし》たちに向《む》かって同時《どうじ》に転《ころ》がり出《だ》した。ワンダは建物《たてもの》の中《なか》からそれを心配《しんぱい》そうに見《み》つめる。

「退却《たいきゃく》、退却《たいきゃく》せよ！」ブラックパンサーが大声《おおごえ》で命《めい》じる。

「左《ひだり》の攻撃《こうげき》に集中《しゅうちゅう》しろ、サム。」

「やってるよ！」ウォーマシンに無線《むせん》で命《めい》じられ、ファルコンは答《こた》える。

敵《てき》との攻防《こうぼう》を続《つづ》けるブラック・ウィドウとオコエが飲《の》みこまれてしまいそうだ！

身《み》をかがめるふたりの前《まえ》にワンダが、スカーレット・ウィッチが降《お》り立《た》ち、テレキネシスで巨大《きょだい》な車輪《しゃりん》を宙《ちゅう》に浮《う》かべる。続《つづ》いて赤《あか》い炎《ほのお》を発《はっ》する両手《りょうて》を「えい！」と振《ふ》りおろし、一瞬《いっしゅん》にして多《おお》くの敵《てき》を車輪《しゃりん》の下敷《したじ》きにしてしまう。

「なんでもっと早《はや》く来《こ》ないの？」オコエが突然《とつぜん》現《あらわ》れた救世主《きゅうせいしゅ》に言《い》った。

「あの女《おんな》が現場《げんば》に現《あらわ》れた。」プロキシマ・ミッドナイトは見逃《みのが》さなかった。「今《いま》よ。」

命令《めいれい》を受《う》けた薄気味悪《うすきみわる》い表情《ひょうじょう》の敵《てき》がシュリが作業《さぎょう》を続《つづ》ける部屋《へや》の前《まえ》にいた護衛《ごえい》を倒《たお》し、室内《しつない》に入《はい》ろうとする。こいつは……コーヴァス・グレイヴだ！　生《い》きていたのか！

スコットランドでアベンジャーズが致命傷《ちめいしょう》を負《お》わせたこの強敵《きょうてき》を、ワカンダの女戦《おんなせん》士《し》が勇敢《ゆうかん》に阻《はば》もうとするが、ついに室内《しつない》に入《はい》られてしまう。シュリはこれはまずいと判断《はんだん》したか、急《いそ》いでコントロール・パネルを操作《そうさ》する。そしてそれを終《お》えた瞬間《しゅんかん》、振《ふ》り返《かえ》って招《まね》かれざる客《きゃく》に銃《じゅう》を発砲《はっぽう》して逃《に》げる。だが、グレイヴはついに女戦士《おんなせんし》を蹴散《けち》らし、ヴィジョンが寝《ね》ているはずのベッドの脇《わき》に飛《と》びおりる。

ヴィジョンはそこにいなかった。だが脇《わき》から現《あらわ》れてグレイヴを窓《まど》に向《む》かって突《つ》き飛《と》ばし、ガラスを突《つ》き破《やぶ》ってともに外《そと》に落《お》ちていく。

「みんな、ヴィジョンがまずいことになってる……うわあ！」ファルコンが察知《さっち》して仲間《なかま》に告《つ》げるが、敵《てき》に飛《と》びつかれて地面《じめん》に落《お》とされてしまう。

「誰《だれ》かヴィジョンを！」スティーブが無線《むせん》で告《つ》げる。

「任《まか》せろ！」ウォーマシンが救援《きゅうえん》に向《む》かう。

「すぐ行《い》く！　きゃあ！」スカーレット・ウィッチも続《つづ》こうとするが、何者《なにもの》かに頭《あたま》を打《う》たれ、押《お》し倒《たお》される。

「ヴィジョンはひとりで死《し》ぬ。」プロキシマ・ミッドナイトが倒《たお》れたワンダを仰向《あおむ》けにする。「あなたもね。」

「それはどうかしら？」ブラック・ウィドウだ。

ヒュン、ヒュン、ヒュン。振《ふ》り返《かえ》ると、オコエが槍《やり》を振《ふ》りまわしている。

「うおお！」ミッドナイトはおそろしい形相《ぎょうそう》でブラック・ウィドウに斬《き》りかかる。アベンジャーズの美《うつく》しい女戦士《おんなせんし》はそれを受《う》けて立《た》ち、ワカンダの女戦士《おんなせんし》も援護《えんご》に向《む》かう。女《おんな》たちの戦《たたか》いが始《はじ》まった。

ガン！　バキッ！　森《もり》の中《なか》ではヴィジョンがコーヴァス・グレイヴによって蹴飛《けと》ばされ、立《た》ちあがったところをカル・オブシディアンの斧《おの》によって張《は》り飛《と》ばされる。マインド・ストーンを持《も》つアベンジャーズの戦士《せんし》が苦《くる》しそうに立《た》ちあがったところで、赤《あか》い巨大《きょだい》なアイアンマン・スーツが降《お》りてきた。

「おっと、ちょっと待《ま》て。やめといたほうがいいぞ。」バナーが操縦《そうじゅう》するハルクバスターだ。「ニューヨークみたいに行《い》くと思《おも》うな。これはハルクをぶちのめしたスーツだ。わあ！」

だが、カル・オブシディアンに襲《おそ》いかかられ川辺《かわべ》まで飛《と》ばされてしまう。

「みんな、ヴィジョンの応援《おうえん》を頼《たの》む。大至急《だいしきゅう》だ。」バナーは仲間《なかま》に救援《きゅうえん》を求《もと》める。だが、敵《てき》は強力《きょうりょく》だ。

「ハルク、最後《さいご》の最後《さいご》に登場《とうじょう》したいのだろうが、今《いま》がそのときだぞ！」バナーはもうひとりの自分《じぶん》に呼《よ》びかける。だが、返事《へんじ》はない。

そんなことをしている間《あいだ》に、ハルクバスターの左腕《ひだりうで》はサノス軍団《ぐんだん》の鉄《てつ》の巨人《きょじん》にもぎ取《と》られてしまった。

「ハルク！　ハルク！」バナーは必死《ひっし》に呼《よ》びかける。

「イヤダ！」一瞬《いっしゅん》バナーの顔《かお》は緑色《みどりいろ》のハルクに変《か》わるが、アベンジャーズの巨人《きょじん》はこの期《ご》におよんでも出《で》てきてくれない。

「もう、このわからずやの緑《みどり》の大男《おおおとこ》！」バナーはそう言《い》ってもうひとりの自分《じぶん》を叱《しか》り飛《と》ばす。「ぼくが自分《じぶん》でやる！」

ガン！　バキ！

「いくぞ！」残《のこ》った右腕《みぎうで》を振《ふ》りまわし、敵《てき》に勇敢《ゆうかん》に襲《おそ》いかかる。だが、カル・オブシディアンは強力《きょうりょく》で、逆《ぎゃく》に倒《たお》されてしまう。敵《てき》の左手首《ひだりてくび》はニューヨークでアイアンマンと対決《たいけつ》した際《さい》に切《き》り落《お》とされたはずだが、その手《て》を鋭利《えいり》な剣《けん》に変《か》えてハルクバスターに突《つ》き刺《さ》そうとする。

その瞬間《しゅんかん》、バナーはもぎ取《と》られたハルクバスターの左腕《ひだりうで》が近《ちか》くに落《お》ちているのに気《き》づき、それでオブシディアンの剣《けん》を受《う》けとめ、そこに右手《みぎて》で何《なに》かを貼《は》りつけた。

「ん？」

「じゃあな。」バナーがそう言《い》うと、飛行装置《ひこうそうち》が作動《さどう》し、巨大《きょだい》な鋼鉄《こうてつ》の敵《てき》を宙《ちゅう》に運《はこ》んでいった。

バーン！　そしてこのおそろしい敵《てき》もろともワカンダ上空《じょうくう》のバリアにぶつかり、大《だい》爆発《ばくはつ》した。

「はあ、はあ、はあ。」バナーが言《い》う。「ハルク、あとでゆっくり話《はな》そう。」

☆

ミッドナイトの攻撃《こうげき》をブラック・ウィドウとオコエは受《う》けて立《た》つが、完全《かんぜん》に圧倒《あっとう》されている。ワカンダの女戦士《おんなせんし》はついに倒《たお》された。背後《はいご》には再《ふたた》びあの大《おお》きな車輪《しゃりん》が転《ころ》がっていく。

☆

ガン！　ザクッ！　コーヴァス・グレイヴはヴィジョンを捕《と》らえてその胸《むね》に剣《けん》を突《つ》き刺《さ》す。「無敵《むてき》のマシンだと思《おも》ったが、ふっ。しょせんおまえも死《し》ぬのだな。」

敵《てき》はヴィジョンを倒《たお》し、マインド・ストーンに手《て》を伸《の》ばしたところで、何者《なにもの》かが脇《わき》からタックルを食《く》らわせた。

「早《はや》く逃《に》げろ！」スティーブ・ロジャースだ。「行《い》け！」

☆

ブラック・ウィドウもプロキシマ・ミッドナイトに押《お》されていた。大地《だいち》の裂《さ》け目《め》に今《いま》にも落《お》とされそうだ。オコエは倒《たお》されたままだ。

ガン！　ミッドナイトはブラック・ウィドウを押《お》し倒《たお》し、喉元《のどもと》に斬《き》りかかるが、アベンジャーズの女戦士《おんなせんし》は剣《けん》で必死《ひっし》にこらえる。

「うわあ！」ガン！

だが、敵《てき》の女戦士《おんなせんし》は突然宙《とつぜんちゅう》に浮《う》かび上《あ》がり、たまたま転《ころ》がってきた巨大《きょだい》な車輪《しゃりん》に飲《の》みこまれてしまった。

ブラック・ウィドウの視線《しせん》の先《さき》にはスカーレット・ウィッチがいた。彼女《かのじょ》がテレキネシスでサノス軍団最強《ぐんだんさいきょう》の女戦士《おんなせんし》を引《ひ》きはがしてくれたのだ。

「超《ちょう》キモい。」車輪《しゃりん》にひき潰《つぶ》されたミッドナイトを見《み》て、ブラック・ウィドウはスカーレットに言《い》った。

☆

スティーブも防戦《ぼうせん》を強《し》いられていた。コーヴァス・グレイヴに押《お》し倒《たお》され、喉元《のどもと》を締《し》めつけられる。「ううぅ。」

グサッ！

スティーブが苦《くる》しそうにあえぐが、そこで突然《とつぜん》グレイヴの胸《むね》から大剣《たいけん》が突《つ》き出《で》た。ヴィジョンが背後《はいご》から突《つ》き刺《さ》したのだ。

マインド・ストーンの持《も》ち主《ぬし》は剣《けん》を突《つ》き刺《さ》したまま、敵《てき》を持《も》ち上《あ》げる。敵《てき》が絶命《ぜつめい》したのを確認《かくにん》して放《ほう》り出《だ》すと、そのまま倒《たお》れこんでしまった。

「逃《に》げろと言《い》っただろう。」スティーブが抱《だ》き起《お》こして声《こえ》をかける。

「どの命《いのち》も重《おも》さは同《おな》じです、キャプテン。」ヴィジョンは元《もと》アベンジャーズのリーダーがニューヨークで言《い》った言葉《ことば》をここで繰《く》り返《かえ》した。

12　いよいよ正念場《しょうねんば》だ

　タイタンではサノスのすさまじい攻撃《こうげき》により、アベンジャーズもガーディアンズも吹《ふ》き飛《と》ばされてしまった。

「任《まか》せて！　大丈夫《だいじょうぶ》。」アイアン・スパイダーがクモ脚《あし》アームを出《だ》し、ウェブを飛《と》ばして、マンティスとドラックスを受《う》けとめる。「ごめん、名前覚《なまえおぼ》えてないけど。」

　インフィニティ・ストーンを狙《ねら》う銀河一凶暴《ぎんがいちきょうぼう》な男《おとこ》の前《まえ》に、魔術師《まじゅつし》ドクター・ストレンジが立《た》ちはだかる。

　魔術師《まじゅつし》は魔法陣《まほうじん》を広《ひろ》げ、サノスに向《む》けてオレンジ色《いろ》のエネルギーの鞭《むち》を飛《と》ばす。巨人《きょじん》は飛《と》び上《あ》がってそれをかわし、ガントレットから強烈《きょうれつ》な青白《あおじろ》いビームを放《はな》つ。ストレンジは鏡《かがみ》のバリアを張《は》って防《ふせ》ぎ、それをそのまま敵《てき》に向《む》かって押《お》し出《だ》す。サノスはガントレットで吹《ふ》き飛《と》ばし、ビームを青白《あおじろ》い渦巻《うずま》きのように固《かた》めてストレンジに向《む》けて飛《と》ばす。魔術師《まじゅつし》は大《おお》きなオレンジ色《いろ》の魔法陣《まほうじん》を広《ひろ》げて粉砕《ふんさい》する。まるで多数《たすう》の青《あお》い蝶々《ちょうちょう》が飛《と》んでいるかのような美《うつく》しい光景《こうけい》が一瞬《いっしゅん》広《ひろ》がる。一進一退《いっしんいったい》の攻防《こうぼう》だ。

ドクター・ストレンジは腕《うで》を広《ひろ》げて飛《と》び上《あ》がった。その腕《うで》は何本《なんぼん》もある。阿修羅《あしゅら》のように複数《ふくすう》の腕《うで》を回転《かいてん》させると、何人《なんにん》もの魔術師《まじゅつし》が空《そら》に浮《う》かび上《あ》がった。分身《ぶんしん》の術《じゅつ》だ！

何人《なんにん》ものストレンジをサノスは驚《おどろ》いて見上《みあ》げる。そして何人《なんにん》ものストレンジが同時《どうじ》にオレンジ色《いろ》のエネルギーの鞭《むち》をサノスに向《む》かって投《な》げつけた。何本《なんぼん》もの鞭《むち》に捕《と》らえられ、銀河一凶暴《ぎんがいちきょうぼう》な男《おとこ》もさすがに苦《くる》しそうだ。

だが、サノスは左腕《ひだりうで》を上《あ》げ、ガントレットからビームを発《はっ》し、ストレンジをひとり、またひとりと消《け》していく。そしてその左腕《ひだりうで》を引《ひ》いて、本物《ほんもの》のストレンジを引《ひ》き寄《よ》せた。

「技《わざ》が豊富《ほうふ》だな。」巨人《きょじん》はひとりになった魔術師《まじゅつし》の首《くび》をつかんで締《し》めあげる。「だがいちばん強力《きょうりょく》な武器《ぶき》を使《つか》っていない。」

「ううう……。」

ガッ！　サノスはストレンジが胸《むね》につけた〝アガモットの目《め》〟をはぎとった。「偽《にせ》

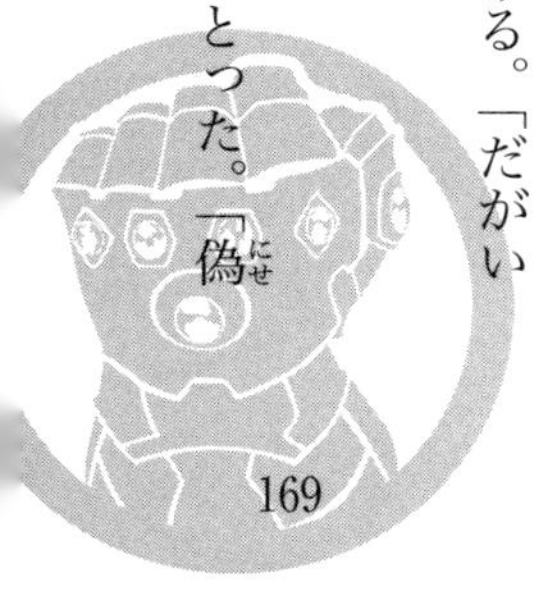

物《もの》か。」

ガシャ！　それを握《にぎ》りつぶすと、魔術師《まじゅつし》を投《な》げ飛《と》ばす。

気《き》を失《うしな》ったストレンジに非情《ひじょう》なサノスがガントレットをかざして歩《あゆ》み寄《よ》るが、そのガントレットの手《て》のひらのあたりに何《なに》か光《ひか》るものが飛《と》んできた。

ダン！　アイアンマンがサノスの前《まえ》に舞《ま》い降《お》りた。

地球《ちきゅう》の鋼鉄《こうてつ》の戦士《せんし》がガントレットに光《ひか》るものを飛《と》ばし、押《お》さえこもうとしたのだ。

「次《つぎ》に月《つき》を投《な》げたら、ただじゃおかない。」アイアンマンは言《い》った。

「スターク。」

「ぼくを知《し》ってるのか？」

「よく知《し》っている。」サノスは言《い》う。「知識《ちしき》に呪《のろ》われたのはおまえだけではない。」

「おれが呪《のろ》うのはおまえだけだ。」アイアンマンはそう言《い》うと背中《せなか》から飛行体《ひこうたい》をいくつも発射《はっしゃ》した。そのすべてがロケット弾《だん》になってサノスに向《む》かっていく。

「かかってこい！」

アイアンマンは続《つづ》いてドロップキックを食《く》らわせ、サノスが戻《もど》ってきたところで鉄《てつ》の円盤《えんばん》を両手《りょうて》に持《も》ち、それを押《お》しつけてビームを食《く》らわせる。だが、サノスは強《つよ》い、強《つよ》すぎる！

アイアンマンに近《ちか》づくと、マスクをはぎとった。トニーはナノマシンを通《つう》じて再《ふた》び新《あたら》しいマスクをつけるが、サノスに殴《なぐ》り飛《と》ばされる。そして最強《さいきょう》の敵《てき》はアイアンマンが先《さき》ほどガントレットに貼《は》りつけた光《ひか》るものをはぎとり、そこから強力《きょうりょく》なビームを発《はっ》する。

アイアンマンは鋼鉄《こうてつ》の楯《たて》を出《だ》してそれを防《ふせ》ぎ、後退《こうたい》しながらタイミングをはかると、ビームをかいくぐって敵《てき》に近《ちか》づき、左足《ひだりあし》でキックを見舞《みま》う。さらに左腕《ひだりうで》から強力《きょうりょく》なエネルギーの武器《ぶき》を出《だ》して、サノスの顔《かお》に突《つ》き刺《さ》す。強力《きょうりょく》な敵《てき》のこめかみのあたりに、血《ち》がにじんだ。

「それだけやっても血《ち》が1滴流《てきなが》れるだけだ。」サノスは右手《みぎて》でその血《ち》をぬぐいながらつぶやいた。

次《つぎ》の瞬間《しゅんかん》、笑《え》みを浮《う》かべ、アイアンマンの脚《あし》を取《と》って放《ほう》り投《な》げた。地球《ちきゅう》のヒーローが仰向《あおむ》けに倒《たお》れたところを襲《おそ》いかかり、容赦《ようしゃ》なくパンチを浴《あ》びせて動《うご》きを止《と》めると、右手《みぎて》で首《くび》をつかんで持《も》ち上《あ》げ、ガントレットをはめた左手《ひだりて》からパンチを繰《く》り出《だ》して大《おお》きく吹《ふ》き飛《と》ばした。激《はげ》しい衝撃《しょうげき》を受《う》けた地球《ちきゅう》のヒーローは、マスクを含《ふく》めてパワードスーツの一部《いちぶ》が剝《は》げ落《お》ちてしまう。

サノスは笑《え》みを浮《う》かべ、ガントレットからビームを飛《と》ばしてアイアンマンに近《ちか》づく。地球《ちきゅう》の鋼鉄戦士《こうてつせんし》はナノマシンでスーツを回復《かいふく》させながらどうにか立《た》ちあがり、両手《りょうて》で敵《てき》のビームを必死《ひっし》にこらえる。そのマスクは半分剝《はんぶんは》げ落《お》ちていて、トニーの顔《かお》があらわになっている。

銀河最強《ぎんがさいきょう》の敵《てき》はついに地球最強《ちきゅうさいきょう》のヒーローを捕《と》らえ、パンチでそのマスクを完全《かんぜん》に吹《ふ》き飛《と》ばした。もはやトニー・スタークに戻《もど》ってしまった赤《あか》いヒーローは、残《のこ》りの力《ちから》を振《ふ》り絞《しぼ》ってサノスの攻撃《こうげき》を防《ふせ》ぎ、右手《みぎて》にエネルギーの剣《けん》を出《だ》して突《つ》き刺《さ》そうとする。

グサ！　だが、サノスはそれを右手《みぎて》で捕《と》らえ、逆《ぎゃく》にトニーの左《ひだり》わき腹《ばら》に突《つ》き刺《さ》す。

「うう……ああ……。」剣《けん》はわき腹《ばら》を完全《かんぜん》に突《つ》き抜《ぬ》けて、トニーは苦《くる》しそうな声《こえ》を上《あ》げながら後退《こうたい》する。

「よくやった、尊敬《そんけい》するよ。」サノスは座《すわ》りこんだトニーに顔《かお》を近《ちか》づけ、左手《ひだりて》で頭《あたま》を撫《な》でる。「安心《あんしん》しろ、人類《じんるい》の半分《はんぶん》は生《い》き残《のこ》る。」

「うう……。」トニーは剣《けん》を刺《さ》されたまま、立《た》ちあがることができない。

「おまえを覚《おぼ》えているといいがな。」非情《ひじょう》な巨人《きょじん》は立《た》ちあがり、瀕死《ひんし》のトニーにガントレットを向《む》ける。

「待《ま》て。」傷《きず》ついたドクター・ストレンジが苦《くる》しそうに声《こえ》を上《あ》げる。「助《たす》けてやれ。ストーンはくれてやる。」

「トリックはなしだぞ。」サノスは魔術師《まじゅつし》を見《み》て言《い》う。

ストレンジは首《くび》を横《よこ》に振《ふ》り、トリックはないと示《しめ》す。サノスはここに投《な》げてよこせとばかりに、魔術師《まじゅつし》にガントレットを向《む》ける。

「よせ。」トニーが苦《くる》しそうに声《こえ》を出《だ》す。

ストレンジは右手《みぎて》を上《あ》げ、親指《おやゆび》と人差《ひとさ》し指《ゆび》の間《あいだ》に緑《みどり》のストーンを浮《う》かべる。それを顔《かお》に近《ちか》づけて、しばらく見《み》つめている。

最強《さいきょう》の敵《てき》は早《はや》くよこせとばかりに右手《みぎて》を突《つ》き出《だ》す。

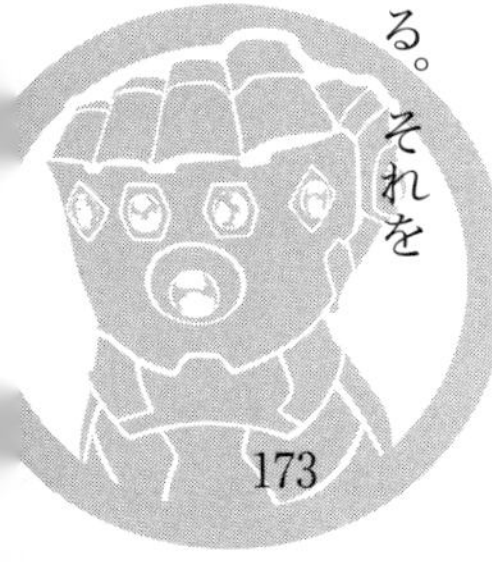

魔術師《まじゅつし》はついに手《て》を広《ひろ》げて、タイム・ストーンを最強《さいきょう》の敵《てき》に向《む》けて飛《と》ばす。

サノスはそれを右《みぎ》の親指《おやゆび》と人差《ひとさ》し指《ゆび》の間《あいだ》で受《う》けとめると、左手《ひだりて》のガントレットの親《おや》指《ゆび》の下《した》の穴《あな》にはめこむ。

ギュン！　巨人《きょじん》は目《め》を閉《と》じ、ストーンの感触《かんしょく》を確《たし》かめる。

「あとひとつ……。」

バキューン！　そのガントレットに銃弾《じゅうだん》が飛《と》んできた。

サノスが驚《おどろ》いて目《め》を向《む》けると、両手《りょうて》にレーザー銃《じゅう》を手《て》にしたスター・ロードが飛《と》んでくる。だが、ガーディアンズのリーダーの体当《たいあ》たりを受《う》ける前《まえ》に、インフィニティ・ストーンを5つ手《て》にした銀河最強《ぎんがさいきょう》の敵《てき》は青《あお》い別次元《べつじげん》に姿《すがた》を消《け》した。

スター・ロードは勢《いきお》いあまって倒《たお》れた。「やつはどこだ！」ヘルメットマスクを消《け》して声《こえ》を上《あ》げた。

クイルが振《ふ》り向《む》くと、トニーは苦《くる》しそうにスプレーを傷口《きずぐち》にあてて応急処置《おうきゅうしょち》をしている。

「おれたち負《ま》けたのか？」信《しん》じられないとばかりにクイルは尋《たず》ねる。

「なぜ渡《わた》した？」

「いよいよ正念場《しょうねんば》だな。」トニーに尋《たず》ねられ、ストレンジは答《こた》えた。

13　最強《さいきょう》の、終《お》わりへ

「マハ！」「ウッフ！」「マハ！」「ウッフ！」「マハ！」「ウッフ！」

ワカンダの戦場《せんじょう》でエムバクとジャバリ族《ぞく》が声《こえ》を上《あ》げる。

バーン！　新兵器《しんへいき》ストームブレイカーを手《て》にしたソーが上空《じょうくう》からあの車輪《しゃりん》を破壊《はかい》する。

まだ激《はげ》しい戦闘《せんとう》が続《つづ》く。

「大丈夫《だいじょうぶ》？」森《もり》の中《なか》に倒《たお》れていたヴィジョンの元《もと》に、ワンダが駆《か》けつける。

「うう！」額《ひたい》のマインド・ストーンがキーンと音《おと》を発《はっ》し、ヴィジョンは苦《くる》しそうな声《こえ》を出《だ》す。

「何《なに》？　どうしたの？」

「やつがいる。」ヴィジョンはワンダに答《こた》える。

☆

「全員《ぜんいん》集《あつ》まるんだ。」スティーブ・ロジャースも何《なに》か感《かん》じ、仲間《なかま》に無線《むせん》で呼《よ》びかけた。「敵《てき》が来《く》る。」

それを聞《き》き、アベンジャーズのメンバーとティ・チャラとオコエも周《まわ》りを見回《みまわ》した。

シュッ。

青《あお》い光《ひかり》と煙《けむり》の向《む》こうからサノスが姿《すがた》を現《あらわ》した。

ワンダとヴィジョンは驚《おどろ》いてそれを見《み》つめる。

「キャプテン、サノスだ。」この最強《さいきょう》の敵《てき》と一戦交《いっせんまじ》えたバナーが、ハルクバスターの中《なか》から言《い》う。

「いいか、みんな、油断《ゆだん》するな。」スティーブは楯《たて》を構《かま》えて注意《ちゅうい》をうながす。

ハルクバスターがまず襲《おそ》いかかるが、サノスは軽《かる》くかわし、ガントレットで岩《いわ》の中《なか》に埋《う》めこんでしまう。

スティーブが飛《と》びかかってくるが、簡単《かんたん》に投《な》げ飛《と》ばす。

ブラックパンサーの喉《のど》を締《し》めあげて殴《なぐ》りつける。

上空《じょうくう》から銃撃《じゅうげき》するファルコンも難《なん》なく撃《う》ち落《お》とす。

「ワンダ。今《いま》しかない。」ヴィジョンはワンダに嘆願《たんがん》した。

「だめよ。」

「彼《かれ》らには止《と》められない、ワンダ。でも、わたしたちは止《と》められる。」ヴィジョンはみんなを助《たす》けに行《い》こうとするワンダの腕《うで》をつかんだ。「きみならストーンを破壊《はかい》できる。」

「やめて。」

「頼《たの》む、やらなきゃ。」ヴィジョンは自分《じぶん》の赤《あか》い頬《ほお》にワンダの右《みぎ》の手《て》のひらをあてた。「わかるだろう、もう時間《じかん》がない。」

「……できない。」ワンダは涙《なみだ》を必死《ひっし》にこらえた。

「できるさ。やるんだ。」自分《じぶん》を振《ふ》り払《はら》おうとするワンダを引《ひ》き止《と》めて話《はなし》を続《つづ》ける。

「サノスがこのストーンを手《て》にすれば、宇宙《うちゅう》の半分《はんぶん》は滅《ほろ》びる。」

ヴィジョンはワンダをしっかり見《み》つめる。「フェアじゃないな。きみも損《そん》な役回《やくまわ》りだ。だが大丈夫《だいじょうぶ》。わたしは傷《きず》つかない。きみを感《かん》じるだけだ。」

ワンダは、スカーレット・ウィッチは、目《め》を潤《うる》ませながら、ついに右手《みぎて》に赤《あか》い炎《ほのお》を浮《う》かべ、ヴィジョンの額《ひたい》のストーンに向《む》ける。テレキネシスのエネルギーでマインド・ストーンを破壊《はかい》するのだ。

ウォーマシンに砲撃《ほうげき》を受《う》けるが、ついに地球《ちきゅう》におり立《た》った最強《さいきょう》の敵《てき》はインフィニティ・ストーンを5つつけたガントレットをかざし、これを撃《う》ち落《お》とした。

地上《ちじょう》から砲撃《ほうげき》するホワイトウルフも、槍《やり》を投《と》じるオコエも、難《なん》なく弾《はじ》き飛《と》ばす。

グルートが地《ち》を這《は》う枝《えだ》で攻撃《こうげき》を仕掛《しか》けても、まるで通《つう》じない。

スカーレット・ウィッチは覚悟《かくご》を決《き》めた。気持《きも》ちを分《わ》かちあい、しばらく生活《せいかつ》をともにした愛《いと》しい相手《あいて》のマインド・ストーンに向《む》けて、赤《あか》い強力《きょうりょく》なエネルギーを両手《りょうて》から発《はっ》した。

スティーブがサノスの進攻《しんこう》を止《と》めようとする。相手《あいて》のガントレットをはめた腕《うで》を両《りょう》手《て》で必死《ひっし》につかむが、残忍《ざんにん》な訪問者《ほうもんしゃ》に右手《みぎて》で強《つよ》く殴《なぐ》りつけられる。

サノスはついにスカーレットたちの前《まえ》にやってきた。ワンダは右手《みぎて》からマインド・ストーンにエネルギーを発《はっ》したまま、左手《ひだりて》をこのおそろしい敵《てき》に向《む》ける。巨人《きょじん》はガントレットでそれを防《ふせ》ぎつつ、足《あし》を止《と》めることはない。

女戦士《おんなせんし》は涙《なみだ》をこらえながら、ヴィジョンへの照射《しょうしゃ》を強《つよ》める。赤顔《あかがお》の人造生命体《じんぞうせいめいたい》はふっと笑《え》みを浮《う》かべて、目《め》を閉《と》じた。

バ――――ン！

マインド・ストーンは爆発《ばくはつ》した。森全体《もりぜんたい》に大《おお》きな衝撃《しょうげき》が走《はし》る。

「はあ、はあ、はあ。」強力《きょうりょく》なエネルギーは消散《しょうさん》し、サノスは荒《あら》い呼吸《こきゅう》をしたあと、倒《たお》れているワンダのところにゆっくりと向《む》かう。

「うん、気持《きも》ちはよくわかるぞ。誰《だれ》よりもな。」

「あんたにわかるわけない。」

「今日《きょう》わたしも多《おお》くのものを失《うしな》った。」巨人《きょじん》はワンダの頭《あたま》に手《て》をあてて言《い》う。「だが嘆《なげ》く時間《じかん》はない。もはや……時間《じかん》はまったくない。」

サノスはそう言《い》うと、吹《ふ》き飛《と》んだヴィジョンがいるあたりにガントレットを向《む》け、それを握《にぎ》りしめて左《ひだり》にまわす。

すると、まさしくドクター・ストレンジのように緑《みどり》の魔法陣《まほうじん》の輪《わ》がガントレットの上《うえ》で回転《かいてん》する。そして手《て》を広《ひろ》げ、手《て》のひらに魔法陣《まほうじん》を浮《う》かべ、時計《とけい》の反対方向《はんたいほうこう》に回転《かいてん》させる。

爆発《ばくはつ》し、消散《しょうさん》したはずのヴィジョンの体《からだ》が再《ふたた》び現《あらわ》れた。森《もり》に再《ふたた》び赤《あか》いエネルギーが広《ひろ》がり、一点《いってん》に集結《しゅうけつ》して消《き》えた。サノスが時間《じかん》を戻《もど》したのだ。

「やめて！」そう叫《さけ》んで近《ちか》づくワンダを弾《はじ》き飛《と》ばす。

ガントレットをはめた左手《ひだりて》でヴィジョンの首《くび》をつかんで持《も》ち上《あ》げる。

「うがあ！　ううう……ああ……。」

巨人《きょじん》は右手《みぎて》の親指《おやゆび》と人差《ひとさ》し指《ゆび》と中指《なかゆび》で、苦《くる》しむ人造生命体《じんぞうせいめいたい》の額《ひたい》からマインド・ストーンをはぎとった。

もはや生命《せいめい》を失《うしな》ったヴィジョンの体《からだ》を放《ほう》り出《だ》すと、サノスは黄色《きいろ》に光《ひか》り輝《かがや》くマインド・ストーンをガントレットの甲《こう》の中央《ちゅうおう》にはめこんだ。

「うおお！」ついにインフィニティ・ストーンを6つすべて手《て》に入《い》れた銀河《ぎんが》の巨人《きょじん》は、胸《むね》を張《は》り、天《てん》を仰《あお》いだ。

バキッ！

だが、強力《きょうりょく》なエネルギーがサノスを襲《おそ》った。ソーだ！

「や！」巨人《きょじん》は直《ただ》ちにガントレットを向《む》けてアスガルドの王《おう》に強力《きょうりょく》なエネルギーを浴《あ》びせる。

ソーはそれを受《う》けながらもストームブレイカーを両手《りょうて》で頭《あたま》の上《うえ》にかざし、サノスに思《おも》い切《き》り投《な》げつける。

バチバチバチバチバチバチ！

ソーがニダベリアで作《つく》った新兵器《しんへいき》はサノスがガントレットから放《はな》つエネルギーを弾《はじ》きながら、銀河最強《ぎんがさいきょう》の敵《てき》にじりじりと近《ちか》づいていく。

バーーーン！

ついにサノスの胸《むね》に突《つ》き刺《さ》さった！

「言《い》ったはずだぞ。おまえを殺《ころ》してやると。」ソーは敵《てき》をにらみつけると、巨大《きょだい》な頭《あたま》に左手《ひだりて》をあて、右手《みぎて》で突《つ》き刺《さ》さった斧《おの》をさらに敵《てき》の胸《むね》に押《お》しこむ。

「うああ！」サノスは苦《くる》しそうな声《こえ》を上《あ》げる。

ソーはさらに武器《ぶき》を押《お》しこむ。

「ううう……。おまえは……。」サノスは苦《くる》しみながらつぶやく。「……おまえは……

「頭《あたま》を狙《ねら》うべきだったな。」瀕死《ひんし》の巨人《きょじん》はそう言《い》うと、ガントレットをはめた手《て》を鳴《な》らした。

バ―――ン！

その瞬間《しゅんかん》、サノスはどこか違《ちが》う場所《ばしょ》に飛《と》んでいた。

そこはオレンジ色《いろ》の世界《せかい》だ。もはや左手《ひだりて》にガントレットははめていない。振《ふ》り返《かえ》ると、遠《とお》くの門《もん》の下《した》に小《ちい》さな影《かげ》が見《み》える。

「ガモーラ？」サノスはその影《かげ》に近《ちか》づき、尋《たず》ねた。

「やったの？」幼《おさな》いガモーラが振《ふ》り返《かえ》って尋《たず》ねる。

「ああ。」そう言《い》ってサノスはうつむく。

「何《なに》と交換《こうかん》したの？」

「すべてだ。」巨人《きょじん》は悲《かな》しそうに答《こた》える。

幼《おさな》い少女《しょうじょ》は父《ちち》の顔《かお》を見上《みあ》げ、うなずいた。

☆

サノスのガントレットは爆発《ばくはつ》し、煙《けむり》を上《あ》げている。

「何《なに》をしたんだ？」ソーは巨人《きょじん》をにらみつけて尋《たず》ねる。「何《なに》をした？」

シュン！

サノスはそれに答《こた》えず、再《ふたた》びガントレットをかざし、別世界《べっせかい》に消《き》えていった。

ガン！　ストームブレイカーが地面《じめん》に落《お》ちてきた。

「はあ、はあ、はあ。」ぼう然《ぜん》と立《た》ち尽《つ》くすソーに、スティーブが近《ちか》づいてきて尋《たず》ねる。

「やつは？」血《ち》まみれのスティーブはあたりを見回《みまわ》して尋《たず》ねる。「ソー？　どこ行《い》った？」

「スティーブ……。」そう言《い》ってホワイトウルフが、バッキーが近《ちか》づいてきた。だが、何《なに》かおかしい。ああ、その腕《うで》と脚《あし》はまるで灰《はい》のように崩《くず》れ出《だ》し、ついに体全体《からだぜんたい》が消滅《しょうめつ》した。

スティーブは旧友《きゅうゆう》が手《て》にしていた銃《じゅう》のあたりに膝《ひざ》を突《つ》くが、一体何《いったいなに》が起《お》こったのか、驚《おどろ》きのあまり言葉《ことば》も出《で》ない。ソーもぼう然《ぜん》とスティーブを見《み》つめる。

戦場《せんじょう》でもワカンダの兵士《へいし》たちの体《からだ》が次々《つぎつぎ》と木《き》のクズのようになって消《き》えていく。エムバクは驚《おどろ》いてそれを見《み》つめるしかない。

「立《た》て、隊長《たいちょう》、立《た》て。」倒《たお》れたオコエにティ・チャラが声《こえ》をかける。「こんな場所《ばしょ》で死《し》ぬな。」

だが、ワカンダの国王《こくおう》の手《て》も灰《はい》のように崩《くず》れていく。そしてその体《からだ》は完全《かんぜん》に消《き》えてなくなった。

「国王《こくおう》。」オコエは立《た》ちあがり、ぼう然《ぜん》とつぶやく。

「おれは……グルート……。」グルートもまさに木《き》のクズになっていく。

「ああ、おい、おい。おい……グルート。」そんな樹木型《じゅもくがた》ヒューマノイドにロケットが声《こえ》をかける。「そんな……。」

ワンダも……サムも……消《き》えていく……。

「サム。サムどこだ?」ローディが森《もり》の中《なか》で声《こえ》をかけるが、仲間《なかま》はもういない。

「ああ……。」オコエも呻《うめ》きながら森《もり》の中《なか》を歩《ある》く。

何《なに》があった?
☆

タイタンでも何《なに》かが起《お》こりつつあった。

トニーはマンティスに肩《かた》を借《か》りて起《お》き上《あ》がった。

「何《なに》かが起《お》こっている……。」マンティスがつぶやく。「ああ……。」

彼女《かのじょ》の体《からだ》も一瞬《いっしゅん》にして消《き》えた。

「……クイル……。」ドラックスの体《からだ》も灰《はい》のようになって消《き》えていく。

「落《お》ち着《つ》け。」

「まじかよ……。」トニーに声《こえ》をかけられるが、クイルも消《き》えていく。

「トニー。」ストレンジがトニーをファーストネームで呼《よ》ぶ。「ほかに道《みち》はなかった……。」

そう言《い》って、魔術師《まじゅつし》も消《き》えていく。

「スタークさん。」ピーター・パーカーも苦《くる》しそうだ。「気分《きぶん》が悪《わる》いよ。」

「大丈夫《だいじょうぶ》か？」

「何《なに》がどうなってんの？　わかんないよ。」少年《しょうねん》はそう言《い》って抱《だ》きつく。「ぼく……行《い》きたくないよ……行《い》きたくない……。」少年《しょうねん》は泣《な》きながら言《い》う。「お願《ねが》い……行《い》きたくないよ。行《い》きたくない……。」

トニーはピーターを地面《じめん》に横《よこ》たわらせる。

「……ごめんね……。」少年《しょうねん》は一度《いちど》トニーをまっすぐに見《み》つめるが、その体《からだ》も顔《かお》も一《いっ》瞬《しゅん》にして消《き》える。

「……あいつがやったのね。」ぼう然《ぜん》とするトニーにネビュラが声《こえ》をかける。

トニーも涙《なみだ》を浮《う》かべ、首《こうべ》を垂《た》れ、手《て》を口《くち》にあてる。

ネビュラがその脇《わき》に膝《ひざ》を突《つ》く。

☆

ワカンダではヴィジョンの脇《わき》にスティーブが膝《ひざ》を突《つ》いている。後《うし》ろにはハルクバスターに乗《の》ったバナーがいて、そこにナターシャが駆《か》け寄《よ》る。

「何《なん》なんだ？」ローディが近《ちか》づいてきて尋《たず》ねる。「何《なに》が起《お》きてるんだ？」

ロケットも後《うし》ろで悲《かな》しそうに膝《ひざ》を突《つ》いている。

「そんな……。」スティーブはへなへなと座《すわ》りこみ、絶望《ぜつぼう》のため息《いき》をもらす。

☆

田園地帯《でんえんちたい》にサノスが向《む》かう。高台《たかだい》に腰《こし》をおろし、夕映《ゆうば》えの美《うつく》しい水田《すいでん》を見《み》おろす。
巨人《きょじん》は安堵《あんど》の表情《ひょうじょう》を浮《う》かべ、かすかな笑《え》みを漏《も》らした。

エピローグ

「スタークから連絡《れんらく》は？」

「ありません。」ニック・フューリーがニューヨーク市内《しない》を運転《うんてん》する車《くるま》の中《なか》で、助手席《じょしゅせき》のマリア・ヒルが答《こた》える。「あらゆる衛星《えいせい》を使《つか》って探《さが》してますが、見《み》つかりません。」

ピッピッピッピ。

「どうした？」

「敵《てき》が複数《ふくすう》。ワカンダです。」

「ニューヨークと同《おな》じエネルギー反応《はんのう》か？」

「規模《きぼ》は10倍《ばい》。」

「クリントを呼《よ》べ。彼《かれ》に会《あ》って……。」フューリーはヒルに指示《しじ》する。

「ニック、ニック！」

前方《ぜんぽう》の黒《くろ》いワゴンが突然回転《とつぜんかいてん》しながら彼《かれ》らの車《くるま》に向《む》かってきた。ワゴン車《しゃ》は追突《ついとつ》する前《ぜん》で止《と》まった。ふたりは外《そと》に出《で》て、黒《くろ》いワゴン車《しゃ》の内部《ないぶ》を確認《かくにん》する。

「大丈夫《だいじょうぶ》か？」

「誰《だれ》も乗《の》ってません。」ヒルは事故車《じこしゃ》を確認《かくにん》して答《こた》えた。

上空《じょうくう》を見《み》ると、コントロールを失《うしな》ったヘリコプターが回転《かいてん》しながら、ビルにぶつかった。

「当局《とうきょく》に通報《つうほう》。コード・レッドだ。」フューリーは女性《じょせい》の部下《ぶか》に命《めい》じた。

「ニック……。」だが、そう言《い》ったヒルの体《からだ》は灰《はい》のようになって消《き》えていった。

「ヒル！」

フューリーは車《くるま》に戻《もど》ろうとするが、街《まち》の人《ひと》たちも同《おな》じように消《き》えていく。左目《ひだりめ》にアイパッチをした元長官《もとちょうかん》は車《くるま》に戻《もど》り、通信機器《つうしんきき》を取《と》り出《だ》して、誰《だれ》かに連絡《れんらく》を取《と》ろうとするが……。

「ああ、そんな……。」フューリーはつぶやくが、その体《からだ》はヒルと同《おな》じように消《き》えていく。「くそ……なんてことだ……。」

カラン。

通信機器《つうしんきき》がアスファルトの上《うえ》に落《お》ちる。

スクリーンに映《うつ》し出《だ》されたのは八角形《はっかくけい》の星《ほし》。

彼《かれ》のメッセージは、キャプテン・マーベルに送《おく》られた……。

アベンジャーズ インフィニティ・ウォー

2018年9月27日　第1刷発行
2022年1月11日　第8刷発行

ノベル｜ジム・マッキャン
監　督｜アンソニー・ルッソ&《アンド》ジョー・ルッソ

翻　訳｜上杉隼人《うえすぎはやと》
装　丁｜西　浩二
編集協力｜nisse

発行者｜鈴木章一
発行所｜株式会社　講談社
〒112-8001　東京都文京区音羽 2-12-21
電　話｜編集　03-5395-3142
販売　03-5395-3625
業務　03-5395-3615
本文データ｜講談社デジタル製作
印刷所｜大日本印刷株式会社
製本所｜大口製本印刷株式会社

KODANSHA

N.D.C.933 191p 18cm Printed in Japan　ISBN978-4-06-512899-2